Pèlerinage à Compostelle

Rencontres dans les pas de mon père

Tome 1

Pèlerinage à Compostelle

Rencontres dans les pas de mon père

Tome 1

Didier RAMON

Éditeur : BoD-Books on Demand,
12/14 rond point des Champs Élysées, 75008 Paris
France

Impression : BoD-Books on Demand
Norderstedt, Allemagne

Dépôt légal : 02-2015

ISBN : 9782322015184

À tous ceux que j'ai pu croiser un jour au détour d'un chemin et avec qui j'ai discuté, qui m'ont raconté une histoire, leur histoire et qui m'ont inspiré l'écriture de ce roman.

À Pascale, mon épouse, qui m'a encouragé et soutenu dans l'écriture de ce livre et avec qui j'ai fait la majeure partie des rencontres de ce roman.

Que nous puissions arpenter les chemins pendant encore très longtemps.

Avant-propos

Pour écrire ce roman, je me suis servi de mes expériences de randonnées. La marche est un vecteur extraordinaire pour entrer en communication avec « l'Autre ». Dans notre société, essentiellement urbaine, il est difficile de créer des occasions pour discuter. Discuter du temps qu'il fait, du chemin, d'une direction à prendre, du travail de l'autre... en randonnée, c'est quelque chose de naturel.

Nos modes de déplacement actuels ne nous permettent plus de communiquer. Alors lacez vos chaussures de marche et allez à la rencontre de votre voisin... vous verrez c'est quelqu'un d'extraordinaire !

Les personnages de ce roman sont fictifs ou inspirés de personnage réels. Dans le second cas, les lieux, les prénoms, les noms ont été modifiés pour être intégrés dans cet ouvrage.

Bon voyage.

Didier RAMON

Table des matières

Chapitre I
La révélation

Le sac à dos, trop lourd, lui broie les épaules, lui casse les reins. Il est épuisé. Cette côte n'en finira-t-elle donc jamais ? Ses chaussures de marche se sont transformées en chaussures de plomb. Chaque pas puise un peu plus dans ses réserves. Le soleil, au zénith, écrase tout sur ce chemin. La sueur lui coule dans les yeux, troublant sa vision. Il n'arrivera jamais en haut. Le marcheur qui le précède, et qu'il discerne dans le brouillard de son regard, semble, lui, ne pas souffrir de la déclivité. Comment pourrait-il le rattraper ? Chacun des pas de l'autre l'éloignant un peu plus de lui, incapable de progresser. Appuyé de sa main droite sur son bâton afin de garder un semblant d'équilibre, il tend sa main gauche vers cette silhouette qui fuit là-haut dans la côte. Un cri lui échappe : « Papa ! Attends-moi ! ».

Arnaud se réveilla, couvert de sueur, le souffle rapide, le bras gauche tendu devant lui, encore tout imprégné des sensations de son rêve. Celui-ci était revenu fréquemment ces derniers temps. Arnaud se préparait à réaliser un grand voyage. Mais pour ce type de voyage, pas d'agence où retirer un billet et se laisser porter et guider au sein d'un groupe. Le voyage qu'il allait entreprendre est de ceux où l'on se retrouve seul avec soi-même. Arnaud allait entreprendre un pèlerinage, celui de Saint-Jacques de Compostelle. Ce n'était pas qu'Arnaud fût religieux. Non, ce n'était pas la raison fondamentale qui le poussait à partir ainsi sur le *Camino*. Ce qui poussait Arnaud à partir, c'était son père. Ou

1

plutôt l'absence de son père.

Arnaud avait dix-huit ans. Ça faisait dix ans qu'il n'avait pas vu son père et dorénavant il n'aura plus l'occasion de le voir.

Ses parents avaient divorcé lorsqu'il avait trois ans. De son côté, il accepta, dès le début, assez bien et avec beaucoup de philosophie la situation. Il pouvait ainsi partager pleinement les moments passés avec chacun de ses deux parents. Sa mère, quant à elle, n'avait jamais admis l'affront du divorce, la perte de son statut social. Jamais, elle n'avait cherché à en comprendre les raisons. Un égo surdimensionné résumait la situation par un "Mon mari a tort, un point c'est tout !". Jamais elle n'avait envisagé avoir une part de responsabilité dans la situation. Elle souffrait de la relation entre le père et le fils. Ou plus exactement, elle l'enviait. Elle avait alors entrepris de couper le lien qui les reliait.

Cette période restait floue dans les souvenirs d'Arnaud. Il se souvenait de sa mère très critique envers son père, de sa mère, cherchant à copier ce que le père faisait avec son fils. Manquant d'imagination et surtout de volonté de partage, elle ne faisait pas grand-chose avec lui. Dans les souvenirs d'Arnaud, ça se résumait à des sorties *McDo* et encore, ne partageait-il pas pleinement ce moment avec elle puisque, invariablement, après quelques minutes, elle sortait afin de "griller" une de ses sempiternelles cigarettes. Arnaud se souvenait du jour – il devait alors avoir quatre ou cinq ans – où son père lui avait acheté un vélo et lui avait appris à rouler sans passer par la phase "petites roulettes". En rentrant chez sa mère, le petit garçon s'était bien évidemment vanté de son exploit. Sa mère, lui avait alors, également, acheté un vélo. Probablement, afin de pouvoir dire à son entourage que c'était elle qui lui avait enseigné l'art de la petite reine. En y repensant cette nuit-là, Arnaud en était malade. Il se souvenait de la joie qu'il ressentait à lui expliquer, dans les moindres détails, comment il avait appris. Il se souvenait également de sa réaction, cherchant absolument à rabaisser son père.

À partir de ce moment, Arnaud avait commencé à se refermer sur lui-même et à avoir deux comportements très différents : l'un, épanoui et heureux, lorsqu'il était avec son père, l'autre, morose et renfermé, lorsqu'il était avec sa mère. Arnaud se souvenait des retours au domicile maternel, en voiture avec son père, les dimanches soirs, et de l'effort qu'il devait faire afin de se remettre dans la peau du deuxième Arnaud. Tristes retours !

Un jour, il y avait une dizaine d'années de cela, sa mère lui annonça que son père était décédé. Dix ans, sans la présence de son père. Dix ans, à vivre dans la proximité de sa mère.

Cette annonce avait bien évidemment été un choc pour lui. Le choc de la perte d'un être cher à jamais disparu, avec qui il ne sera plus possible de partager des moments complices. Ce choc avait été double lorsqu'il avait vu la jubilation sur le visage de sa mère lors de cette annonce. Il sut désormais qu'elle était mauvaise, qu'elle personnifiait une forme de méchanceté. Il en conçut des rapports différents. Au moment où sa mère pensait que la disparition du père allait lui permettre de prendre l'ascendant sur Arnaud, ce dernier commença un long processus de détachement. Pendant dix ans, ils avaient cohabité. Elle continuait à fumer cigarette sur cigarette et à se droguer de médicaments et d'alcool. Lui, s'était muré dans sa scolarité et était devenu un excellent élève. Il avait peu de copains et surtout ne les ramenait jamais chez lui étant donné la honte et le dégoût qu'il éprouvait envers sa mère.

À ce jour, il venait de terminer les épreuves du bac, il était majeur et ne vivait plus au domicile de sa mère.

Six mois auparavant, le facteur avait sonné à la porte. Il s'en souvenait, c'était pendant les congés du mois de février, il en profitait pour réviser le bac. Sa mère étant absente, partie encore une fois faire la tournée de quelques bars, c'était lui par conséquent qui ouvrit. Le facteur annonça qu'il avait un "recommandé". Lui de répondre que sa mère était absente. Le facteur le rassura en lui indiquant que le courrier lui était adressé. Surpris, il signa le récépissé et décacheta l'enveloppe. Le courrier émanait d'un notaire qui faisait mention du décès de son père. Arnaud ne comprit pas pourquoi dix ans après sa mort, un notaire lui écrivait. Il relut le début du courrier... il devait y avoir une erreur, il était indiqué que son père était décédé un mois auparavant. Il prit son téléphone portable et appela le notaire au numéro présent sur le courrier.

- Étude de Maître Favre, bonjour. Que puis-je pour vous ?

La jeune femme au bout du fil avait un timbre de voix exceptionnel, envoûtant. Subjugué, pendant un instant, il ne savait plus pourquoi il appelait. Il bredouilla :

- Allô ! Bonjour, je suis Arnaud Laplace. Je souhaiterais parler à Maître (toujours troublé par le son de la voix de son interlocutrice, il dut regarder le courrier)... Favre, s'il vous plaît.

- Un instant, je vous prie.

Une musique d'attente électronique succéda à la voix de déesse.

- Maître Favre.

Une voix grave, caverneuse, prit le relais de la musique irritante.

- Arnaud Laplace. Bonjour Maître.

- Bonjour Monsieur Laplace. Avez-vous reçu le courrier que je vous ai adressé ? Attaqua directement le notaire.

- Oui, justement je viens d'en prendre connaissance à

l'instant et je pense qu'il y a une erreur.

- Une erreur ? À quel sujet ?

- Vous indiquez que mon père est décédé il y a un mois. Je pense qu'il doit y avoir une coquille sur l'année. Mon père est mort il y a plus de dix ans.

- Je vois, le notaire marqua une pause... Je suis désolé de vous l'apprendre de cette façon mais la date que j'ai indiquée dans mon courrier est la bonne. Votre père vient de décéder dans un accident de voiture, il marqua une nouvelle pause, comprenant la portée de ses mots... Je dois dire que je connaissais bien votre père. Nous étions amis. Son accident a été un grand choc pour moi. Il avait évoqué la possibilité dont vous êtes en train de me parler. Il soupçonnait votre mère d'avoir, disons, "orchestré" son décès. Il n'en était pas sûr puisqu'il n'y avait plus de contact avec votre mère ni avec vous.

- Mais pourquoi ce silence ? Arnaud était abasourdi.

- Je pense que les réponses à vos questions doivent se trouver dans les documents que je dois vous remettre dans le cadre de la succession.

- Des documents ? Quels documents ?

La conversation était de plus en plus mystérieuse.

- Je pense que nous devrions poursuivre cette conversation dans mon bureau. Quand êtes-vous libre ?

Arnaud avait pris rendez-vous pour le début de l'après-midi. Une foule de questions se bousculaient dans sa tête. Comment était-il possible que son père eût été vivant pendant toutes ces années ? Pourquoi sa mère lui avait-elle menti ? Il attendit le rendez-vous de l'après-midi dans un état second. Sa mère avait, encore une fois, préféré ne pas rentrer pour déjeuner. C'était probablement mieux ainsi. Il n'aurait pas pu se maîtriser face à ce monstre.

À treize heures cinquante, il était à l'étude de Maître Favre. L'assistante qui le reçut avait toujours cette voix envoûtante. Dommage que son physique participait à rompre le charme. Il en fut un peu déçu. Il avait imaginé se retrouver devant une jeune femme d'une vingtaine d'années, comme la voix le laissait supposer, à la beauté exceptionnelle. Il se retrouva face à une femme d'âge mûr, avec, néanmoins, beaucoup de prestance, souriante et agréable dans sa façon de mettre à l'aise son interlocuteur.

Le notaire le reçut tout de suite et l'introduisit dans son bureau. Celui-ci était meublé de magnifiques meubles, patinés par les ans. Un tapis occupait le centre de la pièce étouffant le bruit de leurs pas sur le plancher de chêne ciré. Maître Favre indiqua une chaise à son jeune interlocuteur et s'installa à côté de lui, dédaignant le fauteuil de l'autre côté de son bureau qu'il aurait utilisé avec tout autre client. L'assistante entra dans le bureau portant un plateau sur lequel étaient disposées une cafetière de porcelaine et des tasses.

- Merci Mathilde.

La voix de déesse s'appelait donc Mathilde. Le notaire attendit que la porte soit refermée et demanda à Arnaud :

- Un café ?

- Volontiers, merci. Arnaud se sentait un peu mal à l'aise dans ce bureau.

- Je suppose que notre discussion de ce matin a dû être un choc pour vous ?

- Un choc énorme, renchérit Arnaud. Imaginer que mon père était accessible pendant tout ce temps me révolte.

- Il vous faudra certainement du temps avant d'intégrer tous ces éléments, dit-il avec de la gentillesse dans la voix malgré les sonorités très graves. Si je puis me permettre, et c'est l'ami qui parle, votre père était quelqu'un de bien. Il a beaucoup souffert de votre séparation mais il s'y était résigné, votre mère ayant suffisamment bien manipulé son entourage pour réussir à créer un climat de suspicion à son encontre. Votre père a même subi une garde à vue pour atteinte à la pudeur sur mineur. Vous êtes probablement au courant puisque vous avez peut-être été interrogé à l'époque.

- Oui, je me souviens d'être allé une fois à la gendarmerie. Arnaud se replongeait dans une époque douloureuse pour lui. Je dois dire que je n'ai pas vraiment compris ce qui se passait. Ma mère insistait pour je dise des choses sur mon père que je ne comprenais pas. Je comprends tout, cependant, aujourd'hui. Je me souviens d'un dimanche soir, mon père me ramenait chez ma mère. J'étais tout content du week-end que nous venions de partager. Le ton est monté entre ma mère et mon père, ou plutôt et comme à son habitude ma mère a monté le ton et a dit à mon père « *de toute façon, tu ne le verras plus !* ». Ça se passait au moment du décès de ma grand-mère maternelle. Une bonne occasion pour ma mère, pour refuser de me donner à mon père week-end après week-end. Puis, elle a commencé à dire que papa ne voulait plus me voir, qu'il n'avait rien à faire de moi. J'étais désespéré. C'est quelque temps après qu'elle m'a annoncé son décès !

- Oui, la justice est quelque fois mal faite. Il n'y avait pas de preuves contre votre père et votre père ne pouvait rien prouver. Je vous le dis, la justice est parfois mal faite, le juge a persisté en laissant la garde à votre mère. Elle avait préparé son action depuis longtemps, avait réuni quelques témoignages, faux au demeurant, ça a été suffisant pour le juge. Votre père était anéanti, mais pour vous préserver, il a préféré se mettre en retrait. Il craignait que multiplier les actions en justice pouvait avoir un effet désastreux sur vous. Il a continué à payer les pensions...

- Vous voulez dire, l'interrompit Arnaud, que pendant toutes ces années, il a versé à ma mère des pensions ?

- Oui, et je suis bien placé pour le savoir puisque votre père me demandait d'assurer la gestion des versements afin que tout soit acté.

- Et je n'ai jamais vu la couleur de cet argent. Ma mère se plaignant perpétuellement de son manque de moyens. La colère d'Arnaud montait graduellement. Imaginez, dit-il au notaire, je suis obligé de me trouver des petits boulots afin de payer mes fringues et le forfait de mon téléphone. Ma mère ne me donne même pas d'argent de poche et depuis quelques années déjà. Je comprends que cet argent part dans l'alcool, les cigarettes et la drogue.

- Je conçois votre peine face à tous ces mensonges.

Le notaire attendit quelques instants en observant Arnaud avant d'enchaîner...

- Je dois, cependant, vous en montrer un nouveau. Votre père n'a pas cessé de garder le contact avec vous. Il vous écrivait régulièrement. Là aussi, c'est moi qui envoyais les lettres en gardant une copie dans votre dossier. Elles sont toutes là, vous pourrez essayer de rattraper le temps en les lisant.

- Ça veut dire que ma mère a dû les détruire au fur et à mesure qu'elles arrivaient. Arnaud était de plus en plus scandalisé.

- Probablement.

Le notaire s'arrêta quelques instants afin de laisser le temps à Arnaud d'assimiler toutes ces informations. Il continua :

- Il faut que nous parlions dorénavant de la succession et si vous le permettez... le notaire fit un effort pour se lever en prenant appui sur le bord de son bureau et eut une grimace lorsqu'il fut debout, l'arthrose, dit-il pour se justifier et reprit, je vais passer de l'autre côté du bureau afin de reprendre votre dossier.

Maître Favre, fit le tour du bureau et s'installa, avec un soupir de satisfaction, dans son large fauteuil de cuir dans lequel il avait dû passer un nombre incalculable d'heures. Arnaud était reconnaissant envers le notaire d'avoir choisi cette proximité afin de lui livrer quelques bribes de la vie de son père. Il porta la tasse à ses lèvres et but d'un trait le café corsé qu'avait préparé Mathilde.

Le notaire ouvrit une chemise. Et commença :

- Votre père n'avait pas rédigé de testament. Il avait jugé la démarche inutile puisque vous êtes son seul héritier. Votre père n'avait plus de famille et pas d'autre enfant. Outre les courriers dont on a parlé, vous êtes le bénéficiaire d'un capital décès d'une assurance-vie et d'un bien immobilier situé dans les Pyrénées. C'est une ancienne bergerie d'altitude où votre père se retirait afin de se ressourcer et pouvoir s'adonner à sa passion : la randonnée. Elle est perdue dans la montagne et on ne peut y accéder qu'à pied.

- Je me souviens que, quand j'étais petit, nous allions souvent marcher. Des images de forêt revenaient à l'esprit d'Arnaud.

- Effectivement et il a toujours continué. Surtout, n'imaginez pas le grand luxe dans cette bergerie, c'est extrêmement sommaire et rustique. Les marmottes viennent jusque devant la maison, ajouta le notaire avec un large sourire.

- Je comprends qu'on puisse se ressourcer dans ces conditions. Combien représente le capital décès.

- Je dois dire que sur mes conseils, votre père avait très bien négocié avec la compagnie d'assurances. Il se déplaçait beaucoup pour son travail, il y avait une clause particulière pour les accidents liés aux transports. Malheureusement, elle s'applique dans le cas présent de plein droit. Vous êtes donc à l'abri pour très longtemps si vous gérez votre capital avec prudence.

- J'ai plusieurs questions...

Arnaud était en train de bâtir un scénario dans son esprit.

- Je vous écoute.

- La première : en combien de temps puis-je disposer de l'argent ?

- Ça va aller très vite, tout est en règle. Il suffira de savoir sur quelle banque virer les fonds.

- La deuxième : en tant que notaire, vous devez disposer de biens immobiliers à vendre ?

- Effectivement. Le notaire ne s'attendait pas à cette question, il attendit la suite.

- Trouvez-moi un logement.

Le notaire fut un peu déconcerté par la demande d'Arnaud. Il enchaîna :

- N'est-ce-pas un peu précipité ?

- Non. Il faut me comprendre, je ne pourrai pas rester plus longtemps sous le même toit que ma mère. Par ailleurs, je souhaiterais que vous continuiez à gérer mes intérêts, comme vous l'avez fait pour mon père.

Le notaire reconnut la façon d'agir de son ami qui ne s'embarrassait pas de longues réflexions

- Bien entendu.

Arnaud continua dans ses réflexions :

- Ma mère sait-elle que mon père est décédé ?

- Je ne lui ai pas appris. J'ai stoppé cependant les versements des pensions dès le décès.

- Très bien. Ne précipitez rien. Elle l'apprendra en temps et en heure... lorsqu'elle n'aura plus d'argent sur son compte pour régler ses ardoises.

- Je suivrai vos instructions. Le notaire regroupait les différents documents éparpillés devant lui. Ah ! J'oubliais. Parmi les documents, vous trouverez un carnet de route.

- Un carnet de route ? Arnaud était surpris. De quoi s'agit-il ?

- Votre père avait parcouru il y a quelque temps les Chemins du pèlerinage de Saint-Jacques de Compostelle. Il a consigné par écrit ses impressions de voyage dans un carnet de route. D'ailleurs, il avait réussi à m'entraîner avec lui sur une étape de quelques jours. J'avais particulièrement apprécié ces moments passés à ses côtés. Au souvenir de cette marche, le notaire semblait rajeunir, envolée l'arthrose.

- Encore la marche.

- Oui, c'était vital pour votre père.

Arnaud se leva. Maître Favre lui tendit la chemise contenant les courriers et le carnet de route. Arnaud secoua la tête dans un signe de négation :

- Non Maître. Prendre ces documents aujourd'hui serait trop dangereux, ma mère pourrait tomber dessus par hasard et je risquerais de les perdre à nouveau. Trouvez-moi un logement le plus rapidement possible afin que je puisse y commencer la lecture. Par ailleurs, puis-je faire adresser tout mon courrier, je n'en ai pas beaucoup, ici à votre étude ?

- Bien entendu.

- Merci Maître. Contactez-moi uniquement sur mon portable. Arnaud serra la main que Maître Favre lui tendait.

- Malgré les circonstances, j'ai été ravi de faire enfin votre connaissance. La voix grave du notaire était cependant chaleureuse et surtout laissait transparaître l'amitié qu'il avait eue pour son père. Je vous tiens très rapidement au courant. Voyez Mathilde, s'il vous plaît, en sortant afin qu'elle note votre numéro.

- A très bientôt, Maître.

Arnaud sortit du bureau et se dirigea vers Mathilde qui semblait l'attendre. Il lui donna son numéro qu'elle renseigna dans son ordinateur. Elle leva les yeux vers lui et lui dit :

- Je suis heureuse, malgré les événements, de faire enfin votre connaissance, Arnaud. Depuis le temps que je vous envoie des courriers, il me tardait de vous connaître.

- Moi de même. Bien que, comme vous le mentionnez, les circonstances soient un peu particulières. Il est vrai, par ailleurs, que, malgré le soin que vous avez pris pour envoyer ces courriers, je ne les ai jamais reçus. Heureusement que vous avez gardé les doubles, je vais pouvoir enfin en prendre connaissance. Dorénavant, je vais passer régulièrement à l'étude. J'ai demandé à Maître Favre de réceptionner mon courrier. Nous serons appelés à nous revoir. À bientôt. Il lui tendit la main, qu'elle serra chaleureusement et dit :

- À bientôt, Arnaud. Je vous appelle dès que Maître Favre m'aura donné ses instructions.

Arnaud sortit. Une foule d'idées se télescopaient dans sa tête. Il n'avait pas encore assimilé toutes les révélations que lui avait faites le notaire. Arnaud avait apprécié cette première rencontre. Il avait trouvé un homme sincère, sympathique et surtout qui connaissait son père. Ils avaient été suffisamment proches pour qu'Arnaud puisse recevoir de sa part quelques informations, cela lui permettra de remplir quelques trous dans sa vie sans pouvoir, cependant, les combler totalement. Mathilde pourra aussi se révéler précieuse dans la compréhension de son passé. Il avait senti chez elle beaucoup de gentillesse et de douceur. Et il se sentait apaisé d'avoir rencontré ces deux personnages. Dans l'immédiat, il devait se remettre à ses révisions et attendre la suite des événements. Il se demandait comment il allait pouvoir maintenant supporter sa mère.

Chapitre II
Le projet

Les jours qui suivirent, Arnaud ignora sa mère. D'ailleurs, elle était tellement peu présente et dans un état d'hébétude telle, lorsqu'elle l'était, qu'Arnaud n'avait pas eu besoin de faire d'efforts : elle continuait d'elle-même à s'isoler. Pendant ce temps, Arnaud avait commencé à faire quelques recherches sur Saint-Jacques de Compostelle. Il avait découvert que c'était, après Rome, l'un des grands pèlerinages de la chrétienté qui avait eu son apogée pendant le Moyen-âge. Des millions de pèlerins avaient parcouru les chemins en provenance de toute l'Europe afin d'aller se recueillir sur le tombeau de l'apôtre Jacques, en Galice. Le pèlerinage avait repris de la vigueur au cours des dernières décennies et aujourd'hui encore les marcheurs se retrouvaient sur ces chemins maintes fois foulés.

Au Moyen-âge, les pèlerins partaient de chez eux à pied et faisaient le retour à pied également. Aujourd'hui, il est rare de voir des pèlerins partir de chez eux. Ils préfèrent rallier les grands points de départ français que sont Vézelay, Le Puy-en-Velay, Tours, Paris, Arles... ou encore partir de Roncevaux afin de ne parcourir que la partie espagnole du chemin et les huit cents kilomètres jusqu'à Saint-Jacques. Le retour ne se faisant que très rarement à pied.

Arnaud, dans la proximité de sa mère, n'avait jamais pratiqué la marche. Bien qu'il eût quelques souvenirs de son père marcheur, il n'avait pas eu vraiment le temps de pratiquer. Cependant, la lecture des sites internet traitant de Compostelle, et notamment les carnets de route des pèlerins, commençait à l'attirer. Il se disait que ce devait être une expérience assez unique que de marcher dans les pas des millions de pèlerins qui étaient passés avant lui. Une idée commençait à prendre forme : il pourrait peut-être lui aussi partir sur ces chemins, après ce qu'il venait d'apprendre, ce serait l'hommage qu'il pourrait rendre à son père.

Il commença par analyser le matériel dont il avait besoin en surfant sur des sites spécialisés et des forums : chaussures, sac de couchage, tente... Avec son esprit très analytique et cartésien, il sut rapidement ce qu'il lui fallait : le strict nécessaire et la légèreté !

Sa décision était prise. Il éprouvait le besoin de se retrouver seul sur les chemins empruntés par son père, marcher dans ses pas. Il avait hâte de pouvoir tenir entre ses mains le carnet de route et d'en commencer la lecture. Il était perdu dans ses pensées lorsque son téléphone sonna. Il le prit et décrocha :

- Allô ?

- Bonjour. Étude de Maître Favre. Mathilde à l'appareil. Comment allez-vous ?

La voix de Mathilde faisait toujours le même effet sur Arnaud.

- Bonjour. Je vais très bien, merci et vous-même ?

- Très bien, je vous remercie. Maître Favre souhaiterait vous rencontrer aujourd'hui, est-ce possible ?

- Oui sans problème.

- Début d'après-midi, comme la dernière fois, ça vous convient ?

Arnaud étant toujours en congé, il pouvait se permettre

d'adapter sans problème son emploi du temps... et ce n'était pas sa mère qui chercherait à savoir où il allait.

- Parfait, à tout à l'heure.

- J'informe Maître Favre, à tout à l'heure.

Il raccrocha. Les choses probablement allaient évoluer.

Il fut accueilli à l'étude par Mathilde et son magnifique sourire chaleureux. Elle l'introduisit dans le bureau du notaire immédiatement. Effectivement, tout s'enchaînait. L'argent était viré et le notaire avait un petit studio à lui proposer. Ce dernier se situait juste en face de l'étude et appartenait à une vieille dame dont le notaire suivait les affaires depuis de nombreuses années. Il savait que ce studio était inhabité depuis longtemps. Il avait donc appelé sa cliente pour lui faire une proposition. Connaissant le grand cœur de la dame, il avait juste eu besoin de lui donner les grandes lignes de l'histoire et elle avait craqué ! L'appartement nécessitait un bon rafraîchissement mais le coût global restait très raisonnable pour le quartier. Et d'une certaine façon, la vente de ce bien rendait service à sa vieille cliente. Elle n'aurait plus besoin de s'en occuper, plus à participer aux travaux décidés par la copropriété. Le notaire avait les clés et proposa de visiter immédiatement.

Le studio était au quatrième étage sans ascenseur. Arnaud se dit que pour s'entraîner pour son grand voyage, quatre étages ce pourrait être intéressant ! La visite fut rapide... l'appartement étant tout petit, mais suffisamment grand pour héberger un couple. Il fut reconnaissant au notaire que ce dernier ne lui proposa pas quelque chose de plus luxueux et surtout de plus coûteux. Il lui semblait que Maître Favre devait gérer les biens de ses clients en bon père de famille. Au demeurant, ce studio correspondait parfaitement aux attentes d'Arnaud : proche de l'étude, proche du lycée et surtout éloigné du domicile maternel.

- Alors, qu'en pensez, Monsieur Laplace ? demanda le

notaire.

- Vous savez, Maître Favre, je préférerais que vous m'appeliez par mon prénom.

- D'accord, je pense aussi que je préfère. Alors, Arnaud, votre sentiment sur le studio ?

- Ça répond à mon cahier des charges, dit-il après un coup d'œil circulaire à l'appartement et avec un grand sourire de satisfaction. Par contre, vous avez dit, et je le constate, qu'il va falloir rafraîchir. Comment vais-je pouvoir faire sans être sur place et sans donner de soupçons à ma mère... et tout en bossant mon bac ?

- L'étude est juste en face. Mathilde et moi-même pouvons gérer les travaux. D'autant qu'un de mes amis a une entreprise qui pourra s'en charger. Voulez-vous que je le contacte ?

Pour Arnaud, cet homme était vraiment la providence. Agissait-il ainsi avec tous ses clients ou bien était-ce parce que son père était son ami ?

- Oui, s'il vous plaît. Il marqua une pause puis enchaîna. Je vais vous paraître un peu naïf, mais je n'ai jamais acheté de bien immobilier. Quelle est la procédure et quand pourrai-je prendre possession du studio ?

- Ne vous inquiétez pas, ça va être très simple. Il n'y a pas de financement, pas d'inscription au bureau des hypothèques, de plus je connais très bien la vendeuse. Nous allons rédiger l'acte aujourd'hui même à l'étude, vous signerez et je rendrai une petite visite à ma cliente pour qu'elle puisse signer de son côté. Je vais, dès demain faire passer mon ami entrepreneur et demander à Mathilde de rétablir à votre nom les différents contrats : eau, électricité, etc., et lui demander de contracter une assurance. Étant donné les travaux à réaliser, essentiellement de la peinture, ça ne prendra pas trop de temps. Par contre, il va falloir songer à vous meubler. J'imagine que vous n'avez rien ?

Arnaud soupçonnait le notaire d'avoir, depuis leur dernière rencontre, réfléchi absolument à tous les aspects de son installation. Il était même persuadé que l'ami-entrepreneur avait déjà visité les lieux.

- Effectivement, je ne vais pas emmener beaucoup de choses et surtout pas de meuble. Je n'emmènerai que mes affaires personnelles, mes cours, mes livres. Je n'ai pas de souvenir à emmener... ajouta-t-il tristement.

- Bon. Je pense que Mathilde va se faire une joie d'aller faire, disons, du... shopping, avec vous. Qu'en pensez-vous ?

- Je pense tout simplement que vous êtes réellement extraordinaires tous les deux. Vous me simplifiez la vie et aplanissez tous les problèmes que je pourrai rencontrer.

- Vous savez, Arnaud, ce n'est absolument pas une charge pour nous. Au contraire même, c'est un immense plaisir que de pouvoir vous aider ainsi après toutes les épreuves que vous avez endurées. Et n'oubliez pas que votre père était notre ami, qu'il aurait fait autant pour nous et même peut-être plus.

Le notaire, à l'évocation du père d'Arnaud, avait les yeux qui brillaient.

- Tout de même, je vous en suis vraiment reconnaissant.

Lui aussi avait les yeux qui commençaient à briller. Il enchaîna :

- Vous pensez que ça ne dérangera pas Mathilde ?

- Comme je vous l'ai dit, elle s'en fera une joie. Retournons à l'étude. L'acte de vente est prêt à signer, Mathilde l'a préparé ce matin, ajouta-t-il avec un petit sourire malicieux. Il mit une main paternelle sur son épaule et dit avec une voix pleine de tendresse : alors prêt pour une nouvelle vie ?

Arnaud lui sourit :

- Oui...

Le son de sa voix indiquait qu'il ressentait une certaine appréhension à se retrouver au seuil de l'inconnu.

Tout était prêt effectivement. La relecture et la signature ne prit que dix minutes... et Mathilde était prête pour l'emmener vers ses achats de mobiliers. Surprenant, puisque le notaire n'avait rien dit en arrivant. Ils s'étaient bien préparés tous les deux : l'acte rédigé, Mathilde prête, l'entrepreneur prêt à intervenir... Arnaud eut un élan de tendresse envers ces deux inconnus qui partageaient avec lui dix fois plus que sa mère et lui avaient pu partager depuis longtemps et surtout ils semblaient ne rien attendre en retour. Il comprenait de mieux en mieux les rapports très forts qui les liaient à son père.

Les achats avec Mathilde se passèrent rapidement. Elle l'emmena voir un brocanteur, ami du notaire. Arnaud s'attendait à se rendre dans une grande surface vendant du mobilier. Il fut donc particulièrement surpris de se retrouver dans cette caverne d'Ali-Baba. Mathilde fit les présentations et Arnaud exposa ses besoins, simples au demeurant étant donné la taille du studio. Le brocanteur les entraîna dans l'arrière-boutique qui n'avait rien à voir avec le capharnaüm de la première salle. Là, étaient réunis, les quelques meubles dont avait besoin Arnaud... y compris un matelas neuf, les draps et même les quelques éléments d'électroménager nécessaires à son installation dans leur emballage d'origine ! Les deux amis avaient bien préparé leur opération. Lit, table, chaises, bureau, bibliothèque, armoire, commode... Les meubles anciens, magnifiques, avaient été parfaitement restaurés et patinés, ils sentaient l'encaustique et devaient être d'un prix particulièrement élevé. Arnaud ne savait pas quoi dire. Le brocanteur, avec un petit sourire, lui demanda :

- Alors, jeune homme, vous trouvez votre bonheur ?

- Ces meubles sont vraiment magnifiques. Ils doivent coûter une fortune ?

- Vous savez, ils prennent de la place dans ma boutique... ça me débarrasse, dit-il sur un ton badin.

- Très bien, Quand pouvez-vous me livrer ?

- Quand ça vous arrangera. Vous m'avez dit que vous alliez faire des travaux, je vous livre, si vous le souhaitez, dès que c'est terminé. Qu'en pensez-vous ?

- Ce sera parfait.

Arnaud était sur un petit nuage. Ils prirent congé du brocanteur et Mathilde l'entraîna dans un magasin afin d'acheter de la vaisselle et les ustensiles de cuisine nécessaires à l'équipement de son studio. Finalement, ils avaient pensé à tout. Il y avait longtemps qu'Arnaud n'avait pas ressenti une telle générosité. Il avait affaire à deux êtres réellement exceptionnels.

Ils rentrèrent à l'étude. Le notaire les accueillit avec un grand sourire malicieux :

- Alors, Arnaud, avez-vous trouvé votre bonheur ?

- Oui. Ces meubles sont vraiment exceptionnels.

- Je pensais bien que ça vous plairait. Ils auraient plu à votre père.

- Comment pourrais-je vous remercier de tout ce que vous faites pour moi, vous et Mathilde ?

- Laissez cela. Nous n'attendons rien en échange. Votre père nous a tellement donné quand il était là, que ce que nous faisons aujourd'hui est bien peu de choses. En plus, ça nous fait plaisir de pouvoir vous aider.

Arnaud ne savait pas quoi répondre, il était bouleversé par une vague d'amitié qu'il n'avait jamais pu ressentir dans le voisinage de sa mère. Il enchaîna cependant :

- Vous m'appelez demain pour me tenir au courant des travaux ?

- Très bien, faisons ainsi. Je vais ce soir chez ma cliente pour signer l'acte. Dès demain, les travaux commencent, j'ai eu mon ami au téléphone pendant votre absence. Il met la priorité sur votre studio, il m'a dit qu'en quatre ou cinq jours, ce devrait être fini. Je vous tiens au courant.

Il tendit sa main qu'Arnaud serra chaleureusement.

- Merci, dit-il simplement.

Arnaud se dirigea vers Mathilde et lui tendit la main également.

- Merci, Mathilde, pour tout ce que vous avez fait.

- Ce n'est pas grand-chose, Arnaud, et franchement cet après-midi a été un grand plaisir pour moi.

Elle étreignit la main d'Arnaud. Sa voix de déesse avait les éclats de la tristesse et des larmes commençaient à voiler ses yeux. Elle libéra la main d'Arnaud et entreprit de chercher quelque chose dans son sac. Elle en sortit un mouchoir. Arnaud laissa les deux amis, secoué par ce qu'il venait de vivre.

Il rentra et continua à réfléchir sur son projet de pèlerinage. Il n'avait pas encore ouvert le carnet de route de son père. Il ne savait donc pas quel itinéraire il avait suivi. Il pensait que le mieux serait de coller à ses pas. Essayer au fil des étapes de retrouver les sensations que son père avait eues. Il allait devoir attendre encore une semaine environ afin d'être chez lui et de prendre tranquillement connaissance de ses écrits.

En attendant, il lui fallait se procurer son matériel. Il commença par établir des listes de ce dont il avait besoin, voulant conjuguer l'autonomie et la légèreté. Il avait décidé de partir juste après les épreuves du bac. Il n'attendrait pas les résultats et il n'envisageait pas de devoir revenir pour les épreuves orales. Entre temps, il faudra qu'il trouve un peu de temps pour démarrer un petit entraînement.

Le matériel devra se résumer à : sac à dos ; tente (légère) ; sac de couchage avec matelas intégré ; bâton de marche ; popote et couverts ; réchaud à bois (inutile d'emmener le combustible) ; une poche à eau (pour l'hydratation dans la journée) ; un bidon (à remplir le soir pour cuisiner) ; une boussole.

Pour les habits (y compris ce qu'il portera) : une paire de chaussures de marche ; une paire de sandales (pour le soir) ; un pantalon de randonnée ; deux shorts (il part en juillet) ; trois t-shirts (matière séchant rapidement) ; trois paires de chaussettes ; trois slips ; un polaire ; une cape de pluie ; des guêtres.

Pour la toilette : une serviette en microfibres (très légère, très absorbante, elle permet d'essuyer même en étant mouillée) ; un gant en microfibres ; un savon de Marseille (type savonnette) ; un tube de dentifrice ; une brosse à dent ; un rasoir jetable ; une trousse d'urgence.

Pour la documentation : les topo-guides® de la Fédération de Randonnée ; les cartes de l'IGN au 1/25000.

Pour la nourriture, il aura la possibilité de trouver à se ravitailler en permanence, il lui faudra juste avoir de quoi tenir une journée. Ça se résumera à du café soluble, du sucre, des pâtes, une boîte de thon ou de sardines.

Ainsi équipé, Arnaud espérait que son sac resterait dans un poids raisonnable entre dix et quinze kilos. Il n'avait jamais porté une telle charge. Et il devrait le faire tous les jours, pendant deux à trois mois ! Porter est une chose, marcher en est une autre et il ne l'avait jamais fait non plus !

À force de naviguer sur les sites de randonnées et les sites des boutiques spécialisées, il savait parfaitement où trouver son matériel. Lorsque son projet serait mûr, il n'aurait qu'à passer commande sur le net pour certains produits, aller en magasin pour d'autres (notamment les chaussures qu'il fallait à tout prix essayer).

Il téléphona à Mathilde, il voulait savoir où en étaient les travaux de son appartement. C'est avec une immense joie qu'elle l'accueillit à l'autre bout du fil. Les travaux se terminaient, il devrait pouvoir en prendre possession sous deux jours, elle pourrait le lui confirmer demain. En quelques semaines, tout avait changé dans sa vie. Il se considérait à l'aube d'une renaissance. La prochaine étape pour lui, et il la considérait comme une formalité, était de passer le bac. Dans son appartement, il serait dans un climat favorable pour travailler et il avait hâte d'y entrer. Il avait surtout hâte de commencer la lecture du carnet de route de son père. Bientôt, il le pourrait. Il avait le sentiment que la lecture serait pour lui une partie du voyage, du voyage vers Saint-Jacques, du voyage vers son père.

Le lendemain, Mathilde l'appela, les travaux étaient terminés, elle avait tout inspecté, tout était en ordre. Elle avait appelé le brocanteur, il était en train de livrer les meubles. Il ne manquait plus que lui dans l'appartement.

- Je vais préparer mon sac avec mes affaires ainsi que tous mes cours et livres. Puis-je abuser de votre gentillesse en vous demandant de venir me chercher en voiture ? Ma mère est absente, je dois en profiter.

- Avec plaisir, Arnaud. À quelle heure dois-je passer ?

- Treize heures trente, c'est possible ?

- Parfait. À tout à l'heure.

À treize heures trente, Mathilde sonnait chez Arnaud (du moins chez la mère d'Arnaud). Il ne leur fallut pas longtemps pour charger ses affaires. Elle l'emmena immédiatement à son appartement et l'accompagna afin de l'aider à porter ses sacs. Elle lui remit solennellement la clé. Il ouvrit. Les meubles avaient été livrés. Les peintres avaient fait un travail remarquable. Afin de mettre en harmonie le mobilier et les murs, ces derniers avaient été revêtu d'enduits "anciens" talochés dans des teintes chaudes. C'était du plus bel effet, chaleureux, accueillant.

- Alors, ça vous plaît, dit Mathilde avec une pointe de malice dans la voix.

- C'est magnifique. Calme, reposant, ces meubles, dans cette ambiance invitent à s'y prélasser.

- Je pense que vous allez avoir tout le temps de tester. Je suis vraiment contente que ça vous plaise.

- Je ne sais comment vous remercier de tout le temps que vous avez passé ainsi que de votre gentillesse.

- Ne vous en faites pas, il n'y a pas besoin de remerciements.

Arnaud observait Mathilde. À nouveau, elle avait les yeux humides. Elle était grande, brune, des yeux verts magnifiques. Il se rendait compte que la première impression qu'il avait eue lors de leur première rencontre avait été faussée par l'image qu'il s'était faite lors de leur conversation téléphonique. Elle devait avoir cinquante ans et Arnaud prenait conscience qu'elle avait été, et qu'elle était toujours très séduisante.

- Je vais vous laisser vous installer, dit-elle, sa magnifique voix un peu faussée par les larmes qui ne sortaient pas. Vous savez où me trouver si vous avez besoin.

Elle sortit. Arnaud ferma doucement la porte derrière elle. Il se dirigea vers la cuisine et ouvrit le réfrigérateur. Il eut un sourire : Mathilde l'avait rempli. Il entreprit immédiatement de ranger les quelques affaires qu'il avait apportées. Il se demanda comment sa mère allait réagir à son départ. Il rangea ses cours dans la bibliothèque qui trônait à proximité de son petit bureau. Il s'assit dans le fauteuil. Mathilde (ou peut-être Maître Favre) avait déposé sur son bureau la chemise regroupant les courriers et dessus le carnet de route. Il le prit et le retourna plusieurs fois entre ses mains. C'était un gros carnet à spirale avec une couverture en matière plastique de couleur. À travers cette couverture transparente, on pouvait lire un mot, « Santiago », et une date « Juillet / Septembre 2006 ». Ça faisait donc cinq ans que son père avait parcouru le chemin. Il continua pendant de longues minutes à contempler la couverture. Les pages étaient maintenues serrées par un large élastique.

Il s'installa confortablement dans son fauteuil, ôta l'élastique qu'il posa sur le bureau, ouvrit le carnet et commença la lecture.

Chapitre III
Le départ

Aujourd'hui, c'est le grand départ. J'ai passé la nuit à Vézelay à l'hôtel Le Compostelle. Je pense qu'il ne pouvait pas en être autrement. Mon rêve va enfin se réaliser : aller à Compostelle à pied. Pourquoi je pars ? Tu es en droit de te poser la question Arnaud. En fait, je ne le sais pas vraiment. Rêves anciens, voyage initiatique, spiritualité (à défaut de religion puisque je ne suis pas religieux), défi sportif ? Probablement un peu tout cela à la fois. Une chose cependant me manque : ta présence à mes côtés afin de partager chacun de ces kilomètres qu'il me faudra parcourir au rythme de mes pas.

Je vais démarrer doucement. Je ne marcherai que cet après-midi pour ce premier jour. Rien ne sert de courir. Il me reste plus de deux mille km à dérouler ! À raison de 25 / 30 km par jour en moyenne dans deux mois je pourrai être à Santiago. De toute façon j'ai prévu un break de trois mois dans ma vie professionnelle, il me restera donc un mois pour me laisser le temps de profiter de mon pèlerinage. Si j'avais pu disposer de six mois, je serai parti de chez moi et j'aurai fait l'aller-retour comme autrefois, au Moyen-âge.

J'ai assisté ce matin à la bénédiction des pèlerins dans la basilique. J'ai été surpris par l'ambiance qui y régnait. On sentait l'air vibrer de l'enthousiasme de toutes ces personnes sur le départ. J'aurai aimé en discuter avec toi, savoir si tu avais ressenti la même chose. Ce qui est extraordinaire, c'est le mélange des nationalités, des âges, des classes sociales. Toutes ces considérations sont aplanies, il n'existe plus qu'un seul qualificatif pour toutes ces personnes : pèlerin.

Arnaud, après le réveil qui avait suivi son cauchemar, s'était immédiatement levé. La veille, il avait préparé son sac contenant toutes ses affaires nécessaires à son périple. La lecture du carnet de route de son père lui avait appris qu'il était parti de Vézelay mais qu'il n'avait pas suivi la route « naturelle » partant de ce lieu et passant par l'ouest du Massif Central. Il avait préféré rallier Le Puy-en-Velay afin de passer par ces deux hauts lieux de pèlerinage. Ça lui permettait également de profiter d'une plus grande solitude sur cette première partie du chemin. Solitude nécessaire selon lui pour entrer dans les habits du voyageur. Arnaud allait donc suivre le même itinéraire : passer par l'est du Massif Central.

L'idée de « rentrer dans les habits du voyageur » le séduisait tout particulièrement. Et pour mieux s'en revêtir, il avait décidé de passer quelques jours à Vézelay, petit village de cinq cents habitants situé près d'Auxerre, point de départ vers Compostelle pour de nombreux pèlerins. Il avait décidé de séjourner au camping de l'Auberge de Jeunesse. Il y voyait plusieurs avantages : pouvoir côtoyer d'autres pèlerins et tester son matériel. Avec le bac, il n'avait finalement pas eu l'occasion de mettre en œuvre les tests qu'il s'était proposés de mener. Il avait réussi à sortir deux ou trois fois avec Maître Favre, afin de tester ses chaussures. Le notaire, lorsqu'il avait appris le projet d'Arnaud, n'avait pu que l'encourager en indiquant que son père aurait été fier de sa décision. Il avait tout de suite proposé à son protégé d'aller faire quelques marches en forêt afin de « faire » ses chaussures. Ces petites escapades de dix ou quinze kilomètres avaient été l'occasion pour Arnaud de se rapprocher encore de cet homme. À leur dernière sortie, le notaire lui avait demandé de pouvoir le rejoindre sur le chemin lorsqu'il passera la frontière espagnole, là où il avait quitté son père. Bien évidemment, c'est avec joie qu'Arnaud accueillit la demande.

Au camping, quelques pèlerins s'étaient installés. Ils ne restaient en général que pour une nuit, pressés d'entamer le chemin sans perdre de temps. Le temps ! Arnaud se rendait compte de la chance qu'il avait de pouvoir en faire abstraction. Tous les pèlerins qu'il rencontrait avaient un « *timing* » à respecter afin de boucler le pèlerinage dans le temps que « La Société » leur accordait. Nombreux étaient ceux qui prévoyaient de ne faire qu'une petite partie, une étape vers Compostelle comme ils l'appelaient. Généralement ils consacraient quinze jours de leur vacances à la réalisation de ce voyage. Son père, pour partir pendant trois mois, avaient cumulés ses congés. Tous les ans il en capitalisait une partie afin de pouvoir en disposer au bon moment. Il a fait cela pendant cinq ans pour pouvoir partir, c'était le carnet qui le lui avait révélé. D'autres pèlerins séjournaient dans la partie « Auberge de Jeunesse », dans les dortoirs. Un avant-goût des refuges qu'ils rencontreront au cours du voyage.

- Bonjour. Excusez-moi de vous déranger.

Arnaud était assis par terre, adossé à un muret de pierres et lisait des passages du carnet de son père. Il leva le nez vers le visiteur.

- Bonjour. Vous ne me dérangez pas. Je m'imprègne du moment, dit-il avec une grande inspiration, de la sérénité, de ce calme qu'on pourrait presque toucher de la main. Il se leva et s'avança vers le jeune homme qui se tenait en face de lui. Arnaud, dit-il en tendant la main.

Le jeune homme en question devait avoir entre vingt-cinq et trente ans et était assez petit, pas plus d'un mètre soixante, contrairement à Arnaud qui toisait un mètre quatre-vingt. En le voyant, Arnaud su qu'il avait en face de lui un exemple de quelqu'un qu'on pouvait qualifier de « chétif ». Tout était menu chez lui, les bras, les mains, les jambes, le cou. Il émanait de sa personne une impression de fragilité générale. Cependant, son regard était tout l'opposé de ce sentiment. Il émanait de ses yeux une force extraordinaire. Arnaud en fut très surpris.

- François, dit ce jeune homme en serrant la main d'Arnaud. Ce dernier eut peur de la lui briser. Il faut dire qu'il était habitué à prendre au premier degré l'expression « serrer la main » ! J'ai un problème avec le montage de ma tente, vous avez quelques instants à me consacrer ? J'ai vu la vôtre, elle semble montée par un expert.

- Ouh ! Je suis loin d'être un expert ! Répliqua Arnaud non sans un petit sourire de satisfaction. Et pour être honnête, c'est la première fois que je la monte. Mais je vais vous donner un petit coup de main.

Ils se dirigèrent vers l'emplacement de François. Il possédait une vraie antiquité : une tente canadienne en grosse toile qui avait dû être le summum du matériel de camping dans les années... cinquante, soixante ou soixante dix. Arnaud eut un petit rire et proclama :

- Je comprends le problème... c'est la tente elle-même ! François avait pris un air de profond désespoir. Arnaud enchaîna rapidement : Je blague, ne t'inquiète pas – tu permets que je te tutoie ? - on va arriver à la faire tenir debout. Et puis il fait beau, une nuit à la belle étoile ne te... tente pas ? Arnaud, devant son air de chien battu, continuait à le mettre en boîte. C'est quoi le problème ?

- Je pense qu'il me manque du matériel, notamment les cordes.

- J'ai ce qu'il faut dans mon sac. Bien que ma tente soit neuve, j'avais prévu du matériel de rechange : corde, sardines, adhésif en cas de déchirure. Tu pars pour Compostelle ?

- Oui, toi aussi, j'imagine ?

- Exact. Je vais chercher la corde. Tu as les sardines ?

- Oui... un peu rouillées mais elles feront l'affaire.

Arnaud se dirigea vers sa tente, fouilla dans son sac et en sortit un rouleau de drisse, très résistante. Il prit au passage son couteau qui pouvait se transformer en pince, il imaginait qu'il devrait probablement redresser quelques sardines. Il revint auprès de François qui avait continué à déballer les accessoires de la tente. Arnaud proposa :

- Tu pourrais peut-être occuper l'emplacement à côté de ma tente, il n'y a personne, et si j'ai besoin d'autre matériel, je serai à côté. François accueillit avec joie la proposition.

Ils transférèrent le sac à dos ainsi que son matériel. C'était Arnaud qui s'était chargé du sac.

- Qu'est-ce-que tu emmènes dans ce sac, il est horriblement lourd ?

- Mes affaires, de quoi cuisiner, des provisions, des livres.

- Tu sais, ça ne me regarde pas et je ne suis pas un spécialiste, je pense que ton sac est beaucoup trop lourd. Tu prévois d'aller jusqu'au bout en une étape ?

- Oui. Je dois dire que venir ici par les transports en commun a été une épreuve pour moi. Je pensais que c'était le manque d'entraînement.

- A mon sens, étant donné ton gabarit, qui est loin d'être celui du bûcheron canadien, je pense qu'il y a urgence à faire une revue de ton paquetage. Mais avant, nous allons dresser cette tente.

Arnaud avait un esprit très cartésien. Pour lui, les gros problèmes qui semblaient insolubles n'étaient en fait que la somme de tous petits problèmes tout simples à résoudre. N'étant pas un spécialiste du montage de tente, il prit le recul nécessaire, posa la toile là où elle devait se dresser, commença par fixer avec les sardines le tapis de sol (il dut comme il l'avait prévu redresser quelques tiges). François était surpris par son sens de l'organisation et un brin admiratif. Arnaud plaça ensuite les deux piquets qui allaient soutenir la toile, coupa avec le couteau qu'il portait à la ceinture quelques mètres de cordes qui allaient servir à tendre et fixer l'ensemble.

Arnaud travaillait en silence, avec une économie dans les gestes qui sidérait François. La vieille tente trônait fièrement à côté de celle d'Arnaud.

- C'est extraordinaire, conclut François. Ça fait une heure que je me bats avec ce bout de toile, et toi, en cinq minutes tu as résolu ce problème. Je te remercie.

- Ce n'est pas grand-chose. Tu sais, j'ai pour habitude de partir du principe que tout problème compliqué n'est en fait qu'un amalgame de petits problèmes simples à résoudre. La difficulté est de déterminer ces petits problèmes ensuite c'est un jeu d'enfant de les résoudre un à un et on s'aperçoit que le gros problème, qui était le seul qu'on voyait, n'existe pas.

- Une vraie philosophie de vie. Tu fais quoi dans la vie, pour avoir une telle philosophie ?

- Je viens de passer le bac. La vie a été, jusqu'à présent,

suffisamment compliquée avec moi, j'ai eu besoin de trouver des solutions pour la simplifier et la rendre vivable.

- Tu es particulièrement mûr pour ton âge. À voir ton matériel – la tente, ton sac, le couteau à la ceinture... - tu es un habitué de la rando, tu pars pour Compostelle en une étape ?

- Pour répondre à la première partie de ta question, c'est non, pour la deuxième partie, c'est oui. Non je ne suis pas un habitué. Il y a quatre mois, je ne connaissais même pas Compostelle, ou du moins pas plus que ça. C'est à cette époque que j'ai appris le décès de mon père. Il m'a légué un carnet de route – je le lisais quand tu es arrivé – son pèlerinage à Saint-Jacques. En quelque sorte, je suis sur les traces de mon père. Et toi, j'ai remarqué une croix épinglée sur ton t-shirt, quelles sont tes motivations et comment peut-on se retrouver avec du matériel aussi vieux pour se lancer dans une telle épreuve ?

- C'est un peu compliqué. Pour le matériel, c'est celui d'un ami qui était pèlerin dans les années soixante dix. Il me l'a donné et m'a incité à suivre l'exemple de son aventure. Pour la croix, c'est simple, je suis prêtre.

Arnaud était assez surpris, il n'avait pas imaginer qu'un prêtre puisse être aussi jeune. Il voulut détendre un peu l'atmosphère, il voyait qu'il en coûtait à François de parler.

- C'est amusant, je suis ici sur les traces de mon père et la première personne que je rencontre je dois l'appeler... « Mon Père » !

Ils partirent dans un éclat de rire et il leur fallut un moment avant de pouvoir reparler. Arnaud avait su mettre en confiance son interlocuteur. Il reprit la parole :

- Si tu veux arriver au bout, il va falloir te séparer de pas mal de chose, dit-il en montrant du doigt le matériel entassé à côté d'eux. Si tu veux on peut faire la revue de ton paquetage.

François accepta tout de suite, trop heureux de s'alléger et de se donner la possibilité d'arriver au bout du chemin.

Quand tout fut étalé sur le sol, Arnaud comprit où se trouvait le problème principal : la quantité de nourriture emmenée, le matériel de cuisine et les livres.

- Tu sais, dit Arnaud, hormis la tente et le sac qu'on ne pourra pas réduire en poids, pour le reste on devrait y arriver. On commence par les habits : tu gardes un change en plus de ce que tu as sur toi. Avec ce que tu as là, tu peux partir un mois tranquille ! Il faudra faire une rotation et laver au fur et à mesure. Il faudra le faire en fonction de la météo pour que le linge puisse sécher. Tu aurais dû éviter le coton, ça sèche très lentement. Il faudra que tu fasses avec et rester un peu plus longtemps lors des haltes. Pour la bouffe, tu prévois toujours une journée sur toi et tu achètes en chemin. Là tu en as pour plus d'une semaine. Je te propose de distribuer tout ça aux autres campeurs, tu devrais faire des heureux.

François l'écoutait comme s'il s'agissait d'un professeur faisant son cours devant un public passionné. Arnaud continua :

- Pour les ustensiles de cuisine, ce serait parfait à condition de partir à dix. Tout seul, il te faut une toute petite popote.

- C'est le matériel que l'ami, dont je t'ai parlé, à utiliser à l'époque. Et comme tu l'as deviné ils étaient partis à plusieurs. Ils devaient être pas loin de dix, je pense.

- Que comptes-tu en faire ? Le plus simple serait de l'envoyer par la poste chez toi. Je ne pense pas qu'une distribution en même temps que la nourriture soit appréciée.

Ils partirent à nouveau dans un grand éclat de rire.

- Pour les livres, ça va être plus simple : tu ne peux pas les emmener. Où alors il faut que tu en choisisses un seul... et le plus petit. Pour ma part, j'ai opté pour un lecteur de livres électroniques. C'est léger, il y a une autonomie d'environ un mois. Il est vrai que moi non plus je n'aurais pas pu me passer de lecture. En voyage, il faut nourrir l'âme autant que le corps. Ce n'est pas moi qui le dit, mais Sylvain TESSON, grand voyageur devant l'Éternel. J'ai découvert, à la lecture du carnet de mon père, que ce dernier avait emmené une anthologie de la poésie française de la collection *La Pléiade* dans ses bagages. Chacun doit trouver sa méthode, qu'en penses-tu ?

- Tu as raison. Je crois qu'ils vont suivre les casseroles et rentrer à la maison avant moi.

- Tu vas certainement devoir également changer ton sac de couchage. Les duvets de celui-ci sont tellement agglomérés que tu vas avoir très froid. Combien de temps restes-tu ici ?

- J'avais prévu de partir tout de suite, mais je m'aperçois que je ne suis vraiment pas prêt. Et toi ?

- Pour ma part, j'ai prévu deux ou trois jours en stand-by ici, et rentrer doucement, comme disait mon père, dans les habits du voyageur.

- Je vois que lui non plus ne manquait pas d'être philosophe. Je pense que je vais faire comme toi. Je vais expédier mon excédent de bagages par la poste et il va falloir que j'achète ce qui me manque.

- Tu dois pouvoir passer une commande sur les sites spécialisés ? Essaie de demander à l'accueil du camping pour utiliser leur ordinateur. Tu pourras toujours invoquer une communication urgente pour Lui, Arnaud montrait le ciel du doigt.

- C'est malin. Mais tu as raison, je ne vois pas d'autre solution et je me ferai livrer ici, en espérant que ça ne demande pas un délai trop long.

- Une chose, pense à changer ce réchaud et ces grosses bouteilles de gaz. Arnaud embraya sur un autre sujet : Tu vas suivre quel itinéraire ? Pour ma part, j'ai décidé de descendre jusqu'au Puy, c'est l'itinéraire emprunté par mon père. Un peu moins traditionnel, mais ça lui a permis de rentrer dans ses habits de voyageur.

- Option intéressante, et tentante, si tu veux bien faire quelques jours de marche en ma compagnie, je prendrai le même.

- Pourquoi pas ? Ça nous permettra, aussi bien pour toi que pour moi, de nous rôder. Je te le rappelle, je suis novice... et toi tu ne l'es plus ! Arnaud lui adressa un clin d'œil, il faisait allusion au statut de prêtre de François qui avait dû passer par le noviciat.

- Effectivement, je te montrerai la voie mon fils. Renchérit François non sans humour.

Ces deux-là, s'entendaient bien. Il pourrait être agréable de cheminer ensemble. Chacun pouvant compter sur l'autre dans ce moment difficile du démarrage.

François entreprit de répartir ses affaires en deux tas : celui des affaires qu'il gardait, et celui de ce qu'il réexpédierait. Arnaud lui conseilla quelques sites sur lequel lui-même avait fait ses achats. Il ne s'imposa pas et laissa François gérer ses choix. Le soir, ce dernier revenait de l'accueil ses emplettes faites, il serait livré sous quarante-huit heures. Son budget n'étant pas extensible il s'était contenté du strict nécessaire, mais avait suivi les conseils d'Arnaud.

Le lendemain, seul, Arnaud se rendit à la Basilique. Il y entra pendant la bénédiction des pèlerins comme son père avant lui. Il s'assit un peu à l'écart, et regarda ses hommes et ses femmes un peu à la manière d'un ethnologue arrivant dans une contrée inconnue. Une cinquantaine de pèlerins, de nationalités diverses, de conditions diverses et de tous âges. Le plus âgé devait probablement dépasser les quatre vingts ans, le plus jeune devait avoir une dizaine d'année, il accompagnait ses parents et pour suivre le rythme il pouvait chevaucher un âne qui les accompagnait.

Arnaud comprit ce que son père avait essayé de lui décrire. Lui aussi ressentait cette ferveur, cet état de pèlerin. Lui-même commençait à rentrer dans son rôle, il devenait Jacquet. Il constata que la plupart des pèlerins avait une coquille Saint-Jacques accrochée à leur sac. Il se dit qu'il devait en trouver une, le symbole était intéressant et il donnait une identité à toutes ces personnes. Il lui tardait dorénavant, de commencer à marcher, se retrouver seul avec lui-même : la marche invite à l'introspection, aide l'esprit à se libérer. Dans deux jours, il alignerait les premiers pas sur ce long chemin de plus de deux mille kilomètres.

Chapitre IV
Les motivations de François

Sur le chemin entre Vézelay et le Puy-en-Velay, je rentre enfin dans mon costume de pèlerins. Mes habits d'ailleurs ont pris la couleur du voyage, il a tellement plu ces derniers jours. J'ai fait une rencontre. Un homme, il doit avoir cinquante-cinq ans. Il marchait à petits pas devant moi. Je l'ai rattrapé et nous avons discuté à son rythme de marche. J'ai été surpris de lui voir un tout petit sac sur le dos, pourtant il va bien à Santiago. Sa femme le suit, ou plutôt le précède en voiture et assure l'intégralité de l'intendance. Ils ont réservé tous les soirs dans un gîte ou une chambre d'hôte. Six mois auparavant, il était condamné, un cancer, il s'est battu. Il s'était promis de marcher jusqu'à Saint-Jacques s'il s'en sortait. Sa femme n'avait pas voulu le laisser partir seul et avait refusé qu'il porte un lourd sac à dos. J'ai passé la soirée avec eux : c'est extraordinaire ce que la volonté de l'Homme peut lui permettre de faire. D'autres se lamentent sur leur sort, lui se bat et gagne. Quelle belle leçon de vie. Je crois qu'une de mes motivations à réaliser ce voyage, est de pouvoir rencontrer ce genre de personne. Nous avons échangé nos coordonnées, nous resterons en contact, nous pourrons nous

Trois jours qu'Arnaud et François avaient quitté Vézelay et cheminaient vers Le Puy-en-Velay. Le temps était beau, le voyage se mettait en place doucement, le rythme était pris. Durant ces étapes, les deux compères avaient dormi sous la tente. Le matin, la levée du camp prenait environ une heure. Le temps de déjeuner, de plier la tente (ils ressortiraient celle-ci à la mi-journée afin de la sécher), de ranger le paquetage. Les gestes devenaient automatiques et se faisaient dans le silence, Arnaud et François profitaient pleinement des sensations de cet éveil matinal de la nature. Ils avaient rencontré très peu de personnes sur ces premières étapes. Ça changera lorsqu'ils seront au Puy-en-Velay. La campagne bourguignonne en ce début d'été était magnifique. La terre exhalait, sous la chaleur des rayons du soleil, des parfums enivrants, invitant à l'introspection durant la marche. François, cependant, rompit leur tête à tête personnel :

- Arnaud, lorsque nous nous sommes rencontrés au camping, tu as parlé de mes motivations face à ce voyage. Je n'ai pas répondu à ta question.

- J'ai cru comprendre que la croix qui orne ton t-shirt était la réponse, répliqua Arnaud surpris.

- Pas seulement. Effectivement ça compte, se rendre sur le tombeau de l'apôtre Jacques est important lorsqu'on est prêtre. Mais ce n'est pas ma seule motivation.

- Tu sais, rien ne t'oblige à en parler. Arnaud sentait que François était tiraillé entre en parler et taire ses motivations.

- Je pense que ça me fera du bien d'en parler surtout à toi justement parce que tu ne me demandes rien.

- Tu es bien grave tout à coup.

- Ma situation comporte une part de gravité. Je t'ai dit qu'un ami m'avait prêté le matériel, qui t'a tant fait rire soit dit en passant. Effectivement c'est un ami, et c'est également mon prédécesseur à la paroisse, il a pris sa retraite quand je suis arrivé. C'est l'évêché, face à ma situation, qui m'a conseillé de le consulter.

- Qu'as-tu bien pu faire, la gravité du ton que tu emploies m'inquiète.

- C'est simple, j'ai rencontré une jeune fille. Elle est extraordinaire, nous sommes particulièrement amoureux.

- Je comprends.

Les deux amis marchaient côte à côte, le regard plongé dans la contemplation de la poussière du chemin. Arnaud avait l'impression d'être devenu un prêtre dans un confessionnal, recevant la confession d'une de ses ouailles.

- J'ai prévenu l'évêché de ma situation. Je pensais n'avoir qu'une alternative : quitter Sabine ou renoncer à mes vœux. Le choix m'appartenait. L'évêque m'a fait une autre proposition, rencontrer l'abbé Dutreil, mon prédécesseur à la paroisse m'indiquant que lui parler de ma situation pouvait m'aider. On se rencontre régulièrement, je l'apprécie comme un père, mais je pensais que l'évêché était mieux placé pour traiter un tel cas.

Arnaud n'interrompait pas son ami, il sentait que les vannes étaient ouvertes et que François devait déverser ce flot, salutaire pour lui. Il continua :

- Je l'ai rencontré le soir même. Je lui ai expliqué ma problématique. Il m'a écouté sans m'interrompre. Quand je suis arrivé au bout de mon histoire, j'ai attendu. Pendant quelques instants, il n'a rien dit, il me fixait de ses yeux plein de bonté. Puis il enchaîna : « Veux-tu un thé ? ». Il allait prendre son temps pour aborder la question. Il semblait extrêmement troublé par mon histoire. En préparant le thé, il commença son récit :

- A la fin des années soixante, début des années soixante-dix, j'avais ton âge. Comme toi, je venais de prendre une nouvelle paroisse. Je remplaçais un vieux prêtre, comme moi aujourd'hui. Mes méthodes étaient différentes, j'étais moins attiré par les vieilles paroissiennes que par les jeunes. Je pensais que c'était ces derniers qui avaient le plus besoin de moi. J'ai monté un club de sport, nous pratiquions le handball, l'une de mes passions que tu connais bien. Parmi mes jeunes sportifs, il y avait une jeune fille, elle était magnifique de corps et d'esprit. Nous avons été de plus en plus proche, jusqu'au jour où j'ai commis l'acte de chair. Tu comprends, je pense, pourquoi l'évêché t'a envoyé chez moi. J'étais dans l'état d'esprit qui est le tien aujourd'hui : perdu ! Comme toi, j'ai contacté l'évêché. J'ai eu de longs entretiens. La conclusion qui ressortait systématiquement était que la solution devait venir de moi. L'évêque m'a proposé d'essayer de me retrouver seul avec moi-même. Je pensais à une retraite dans un cloître quelconque, mais ce n'était pas sa pensée. Il m'indiqua qu'un groupe de novices d'une abbaye voisine partait pour un pèlerinage. Celui de Saint-Jacques de Compostelle. À l'époque, le pèlerinage n'avait pas l'engouement qu'il a aujourd'hui. J'ai accepté. Je suis parti sur le chemin pour me trouver. À mon retour, ma décision était prise. J'ai revu Marie, qui attendait. Je lui ai expliqué que je devais continuer ce que j'avais commencé à la paroisse. Que je devais respecter mes vœux, bien qu'il m'en coûtait de la quitter. Elle pleura. Elle me dit qu'elle comprenait et qu'elle connaissait ma décision avant mon départ. Elle est rentrée dans les ordres, elle s'occupait d'un orphelinat en Afrique. Nous sommes restés en contact pendant toutes ces années. Elle est décédée l'an dernier. Elle a été enterrée là-bas, sur cette terre africaine où elle a passé tant d'années et où elle a tant donné. Le père Dutreil, fit une longue pose. Perdu dans les souvenirs de sa jeunesse. Il reprit la parole : Alors François, qu'en penses-tu ? Pourquoi ne pas rechercher les réponses à tes questions sur le chemin ? Je te remplacerai à la paroisse pendant ton absence. Il attendait ma

réponse.

- Je vous remercie. Et je suis désolé d'avoir fait ressortir tous ces souvenirs. Je crois que je vais suivre votre conseil. Par contre, je n'ai jamais marché, je n'ai pas d'équipement.

- J'ai toujours gardé le mien, je te le donne. Tu en feras un meilleur usage que moi maintenant.

François, après un moment de silence, reprit contact avec le moment présent.

- Voilà Arnaud, tu sais tout. Je suis sur ce chemin car j'ai une décision à prendre. Je dois choisir ma vie.

- Je peux te poser une question ? François fit un signe de tête affirmatif. Vous vous aimez ?

- Follement, je dois dire qu'il n'y a pas une minute où je ne pense à elle. Et la marche sur ce chemin ne me permet pas de m'éloigner d'elle, je dirai même au contraire, je m'en rapproche de plus en plus.

- Je dois dire que tu es face à une décision que tu seras seul à pouvoir prendre, où plus exactement que tu devras prendre avec Sabine car c'est de vos deux vies mêlées dont il s'agit. Tu as encore de nombreux kilomètres devant toi pour te décider. Tu sais que je ne suis pas religieux, je pense même être athée, cependant, il me semble que Dieu prône l'Amour entre les hommes. Votre rencontre est peut-être importante dans le dessein de Dieu. Et souvent, à deux, on est beaucoup plus forts pour affronter les épreuves de la vie. Il faut peut-être que tu y réfléchisses dans ce sens aussi.

François garda le silence quelques instants, s'imprégnant des paroles d'Arnaud :

- Oui, tu as raison. De nombreux kilomètres devant moi. Si je choisis Sabine, quel pourrait être notre avenir ?

- Que fait Sabine dans la vie ?

- Elle est étudiante en médecine. Il lui reste trois ans.

- Jolie complémentarité : tu soignes les âmes, elle soigne les corps. François sourit à cette évocation. Trêve de plaisanterie, pour elle, la route est toute tracée, la tienne, si tu prends l'option « vie commune », ne devrait pas être difficile à trouver. L'éducation, même si je ne suis pas un expert, que vous recevez pour la prêtrise doit être solide. Et je pense qu'un profil comme le tien, dans le social, doit être recherché. Le social s'est déplacé ces dernières décennies de l'église vers la société civile il me semble. Qu'en penses-tu ?

François prit le temps d'assimiler les paroles d'Arnaud et enchaîna :

- Tu as raison. C'est plein de bon sens ce que tu dis. On peut finalement entrer en sacerdoce de multiples façons. Il faut que j'y réfléchisse. Il marqua une pause : tu sais que tu aurais fait un bon curé !

Arnaud le regarda et éclata de rire. François l'accompagna. Il était soulagé d'avoir pu se livrer ainsi à cet étranger qui devenait peu à peu son ami. Il continua :

- Le père Dutreil m'avait prévenu que sur le chemin on avait l'occasion de faire des rencontres extraordinaires. Pour ma part, il me semble que ça a commencé par toi : bon samaritain au camping et maintenant oreille attentive qui ne cherche pas à juger. Et de ton côté, je sais que nous n'avons que quelques jours de marche, progresses-tu dans la quête de ton père ?

- Tu sais j'ai lu depuis quelques mois les courriers et le carnet de route. Ça m'a permis de me faire une image de lui. Est-ce la bonne, je ne sais pas. Mais ce sera l'image que je pourrai en tirer et c'est déjà beaucoup. C'est tout de même génial qu'il ait pu me léguer ses écrits. Au moins il reste quelque chose de lui.

- Je comprends, d'autant plus que je n'ai pas connu mes parents. Je suis de la DDASS comme on dit de façon assez péjorative. Pour ma part, je n'ai rien eu d'eux qui puisse construire ma mémoire. Mais finalement, même si j'en ai beaucoup souffert au début, ballotté de foyer en foyer, j'ai finalement rencontré un curé qui m'a aidé. C'est comme ça que la vocation est venue... et que je vais peut-être abandonner.

- Tu parles de vocation, Arnaud réfléchissait tout haut, as-tu pensé à la possibilité que sans cette voie que tu as suivie tu aurais peut-être fait des conneries ? Ta prêtrise est peut-être une étape dans ta vie, non une finalité. Je pense que rien n'arrive par hasard.

- Oui, peut-être. François se perdit dans ses réflexions et garda le silence.

Cette confession avait mis dix kilomètres à leur compteur et ils ne s'étaient même pas rendus compte de leur avancement.

- On arrive dans un village, dit Arnaud, peut-être pourrions-nous faire une pause si nous trouvons un café. Qu'en dis-tu ?

- OK pour moi, je ne me suis pas rendu compte que nous avions avancé si vite. Je dois dire que je suis un peu vidé. Je m'aperçois que tu as beaucoup plus de capacités que moi, souviens-toi je ne suis pas bûcheron canadien ! Il partit à rire.

Par chance, ce petit village typique de la Bourgogne avait conservé son café sur la place en face de l'église. Arnaud remarqua sur la pelouse qui entourait celle-ci, un âne attaché à un arbre. Bien qu'il ait très peu côtoyé les cadichons aux longues oreilles, il avait toujours été attiré par eux. Il ne put s'empêcher de s'approcher pour lui faire une petite caresse.

- Alors mon Grand, toi aussi tu fais la pause. À proximité, était posé une espèce de tapis avec des étriers. Il me semble que tu ne voyages pas seul. Il lui gratta le front entre les deux yeux,

Maître Bourri les plissa de plaisir.

Arnaud rejoignit François qui venait de rentrer dans le petit café. Il salua les quelques clients attablés. Il remarqua dans un coin un couple et un enfant d'une dizaine d'année. A leurs côtés, des sacs à dos. Arnaud s'approcha, il les avait reconnus.

- Bonjour, dit-il, j'ai participé en même temps que vous à la bénédiction des pèlerins à la basilique. Votre voyage se passe bien ?

- Bonjour, vous êtes le premier jacquet que nous croisons. Tout se passe bien, et pour vous-même ? Installez-vous à notre table.

- Avec plaisir, je suis avec un ami, il est en train de regarder les cartes postales, vous permettez que je lui demande de nous rejoindre ?

- Bien sûr. Il fit les présentations. Je m'appelle Yves, ma femme Audrey et notre petit bout Mathis

- Arnaud, et là-bas c'est François. Je vais le chercher.

Arnaud s'approcha de François et lui indiqua qu'il était à la table de la petite famille de pèlerins.

- OK, j'arrive tout de suite, le temps d'envoyer une carte à Sabine et au père Dutreil.

Arnaud rejoignit Yves et sa famille et s'installa à la table après avoir posé son sac à côté des leurs. Il reprit la conversation :

- Il est magnifique ton âne, dit-il en se tournant vers Mathis. Comment s'appelle-t-il ?

- Martin, bien sûr ! Dit-il avec un sourire. Oui, il est très beau... et très intelligent ! Ajouta-t-il avec fierté.

- J'ai lu plusieurs fois que l'âne devait subir sa mauvaise réputation mais qu'en fait c'est tout le contraire.

C'est Yves qui allait répondre quand François arriva :

- Bonjour, tout le monde, je suis François, ça fait plaisir de rencontrer des pèlerins.

- Bonjour, Yves, dit-il en tendant la main, Audrey et Mathis.

- Enchanté. Je vous ai interrompus en arrivant, continuez je vous prie.

Yves enchaîna :

- Nous parlions de notre âne et de la mauvaise réputation de ses frères. Effectivement, l'âne est considéré comme têtu et bête alors qu'il n'en est rien. Il suffit de le comprendre. L'âne est un grand penseur, il ne fait pas les choses dans la panique contrairement à son cousin le cheval. Il faut se souvenir que le cheval est un migrateur contrairement à l'âne qui est sédentaire. Le cheval peut donc fuir, disons, « naturellement » alors que l'âne doit gérer son espace. Face à une situation critique ou inhabituelle, l'âne devra réfléchir pour comprendre et ensuite agir. Voilà l'explication pour le côté têtu de l'animal : la réflexion. D'ailleurs, l'origine du bonnet d'âne, ce n'était pas pour montrer la bêtise mais pour transmettre à l'enfant l'intelligence de l'âne.

Yves parlait avec passion des ânes. C'est Mathis qui enchaîna :

- Martin est très intelligent, il connaît parfaitement sa droite et sa gauche par exemple. Je lui commande même de monter ou descendre du trottoir en donnant l'ordre « trottoir ! » ou « route ! ».

Audrey et Yves regardait leur fils avec admiration. Arnaud entra dans le jeu :

- Il faudra que tu me montres ça tout à l'heure, je suis curieux de le voir.

- Pas'd problème !

- Le père Dutreil, un ami, précisa François pour le couple et l'enfant, possède une ânesse. Il a parcouru en long en large et en travers tous les chemins de notre département avec elle. Il a eu l'occasion de me raconter les rencontres qu'il a pu faire et pour certaines vraiment extraordinaires. Il m'a raconté notamment le voyage de Jacques Clouteau et de l'âne Ferdinand qui sont allés à Compostelle. Il l'a rencontré au détour d'un chemin un jour.

- Oui, nous avons lu son livre, dit Audrey les yeux brillants, qui n'avait pas encore pris part à la conversation. C'est cette lecture que j'ai faite à Mathis qui a été le déclencheur de notre voyage.

- Oui, quand j'étais à l'hôpital, maman me lisait tous les jours quelque chose.

Arnaud et François regardèrent Yves et Audrey sans oser en demander plus. Arnaud enchaîna :

- C'est génial d'avoir quelqu'un qui peut te faire la lecture comme ça. Il sortit de son sac son lecteur d'e-books. Regarde, moi aussi j'ai emmené des livres avec moi. Notamment tous les livres de Jules Verne. Il tendit le lecteur au gamin, qui s'empressa de commencer à feuilleter les livres électroniques.

Audrey reprit la parole :

- Mathis a été très malade, il y a un an. Un cancer. Il s'est battu et quand il était à l'hôpital je lui faisais la lecture à sa demande. L'âne Ferdinand et son voyage à Compostelle l'ont passionné. Il m'a fait promettre, alors qu'il revenait d'une séance de chimio, que s'il guérissait nous irions aussi à Compostelle avec un âne. La voix était faussée par les larmes, elle ne put continuer. Yves reprit la parole.

- Une chaîne de solidarité s'est mise en place, les amis, les collègues, une association a même été créée. Cette dernière a acheté un âne, que vous avez vu dehors. Les collègues nous ont fait cadeau de jours de congés, tout le monde s'est mobilisé pour regrouper les fonds nécessaires au voyage. Et nous voilà. Nous avons fait notre itinéraire en fonction des spécialistes que nous pourrons rencontrer. Nous souhaitons que Mathis soit examiné régulièrement, on ne veut pas prendre de risque. Nous faisons des petites étapes, dix, quinze kilomètres. Mathis passent les trois-quarts du temps sur le dos de Martin. Le soir nous stoppons dans des fermes ou des centres équestres que l'association nous a trouvés. Certains membres se sont même déplacés pour venir discuter notre accueil. Ce sera un peu plus compliqué en Espagne. Nous aurons une voiture pilote avec une équipe qui préparera notre étape.

- C'est extraordinaire votre aventure, dit François ému. Il pensait que face à ceux de Mathis, ses problèmes étaient bien petits.

- Oui, vraiment extraordinaire. Alors, dit Arnaud en se tournant vers Mathis, tu le trouves comment mon livre ?

- Génial, en plus tu peux en mettre plein dedans. Mathis était émerveillé.

Arnaud eut une idée.

- Vous passez par le Puy-en-Velay, je suppose ?

- Oui, bien sûr, dit Yves.

- Vous savez où vous séjournerez ?

- Oui, nous avons prévu de rester quelques jours, les grands-parents du petit nous rejoignent. Pourquoi ?

- Donnez-moi l'adresse, on pourra peut-être s'y retrouver ?

- Ce serait super, dit Mathis.

Yves donna l'adresse à Arnaud. Ils commandèrent leur boisson et passèrent encore une heure à discuter.

Arnaud et François partirent avant la petite famille. Après quelques pas, Arnaud prit son téléphone et appela Mathilde.

- Bonjour, Mathilde, c'est Arnaud, comment allez-vous ?

- Arnaud ! Le cri de joie de Mathilde fit chaud au cœur d'Arnaud. Je vais très bien. Et le voyage ?

- Jusqu'à présent, c'est super, il fait super beau, et les rencontres sont intéressantes. J'enregistre comme prévu mon carnet de route, j'aurai besoin de vous au retour pour m'aider à le retranscrire.

- Pas de problème. J'aurai ainsi la primeur de vos écrits !

- Je peux vous demander un petit service.

- Bien sûr. Que puis-je faire ?

- Acheter le même lecteur d'e-books que moi, c'est pour un cadeau, je vous envoie par SMS l'adresse où l'envoyer. Il faut qu'il y soit avant trois semaines. Il faudrait transférer dessus tous les livres d'aventure, les Jules Verne entre autres. C'est possible ?

- Bien sûr, je vais l'acheter pendant ma pose déjeuner et je prépare tout ça. C'est tout ?

- Oui, merci Mathilde. Je vous rappelle dans quelques jours pour prendre de vos nouvelles. À bientôt.

- Au revoir, Arnaud, je vous embrasse.

François avait entendu ce que disait Arnaud, il dit :

- Je crois que tu vas faire un heureux dans quelques jours !

- J'espère. Leur histoire est vraiment poignante. Il est bien de savoir qu'il y a encore des gens bons sur qui on peut compter dans des moments aussi éprouvants.

- Oui, je suis d'accord. Ce petit bonhomme déborde de vie, si je puis dire.

- Que penses-tu si on s'arrêtait vers seize heures. On devrait avoir parcouru environ vingt-cinq kilomètres. Ça nous permettrait de monter tranquillement le camp et je pourrai dicter mes impressions du jour sur mon dictaphone.

- Va pour seize heures.

Le soir après avoir mangé, Arnaud et François s'installèrent pour discuter. Longuement ils évoquèrent la rencontre du jour. De ce petit bonhomme, qui avait si bravement combattu la maladie. De cette chaîne de solidarité qui a permis aux parents de Mathis de lutter avec lui. Arnaud, par sa mère, n'était pas habitué à tant de générosité gratuite. Il se dit qu'auprès de son père, il aurait fréquemment partagé des moments de joie comme celui-là. Il se rendit compte qu'il n'avait pas réellement abordé le sujet de sa mère avec François. Quelque chose d'indéfinissable l'incita à aborder le sujet :

- Tu sais, ma mère n'est pas quelqu'un capable de partager des choses simples avec autrui. Et je pense qu'elle n'a pas changé. C'est quelqu'un d'envieux qui essaie perpétuellement de contraindre son entourage à ses idées. Mauvaises au demeurant ! Imagine, qu'elle a tout fait pour que mon père aille en prison, l'accusant de m'avoir violé. Il m'a raconté sa garde à vue dans une de ses lettres. C'est pour ça que je n'ai pas eu de contact avec lui. Il a préféré s'éloigner pour me protéger et ne pas me laisser voir qu'ils pouvaient se déchirer tous les deux. Le pire, c'est qu'elle m'a fait croire pendant toutes ces années qu'il était mort.

- Toi, tu n'as pas eu les parents que tu aurais souhaités, du moins ta mère. Et moi, je n'en ai pas eu du tout. Les adultes sont vraiment compliqués dans leurs relations. Pour s'aimer, ils se déchirent. Je pense que la Société, avec un grand S, y est pour quelque chose : société du « posséder », société de la « compétition ». Tous les rapports se basent là-dessus. C'est triste. Ta mère sait-elle où tu es ?

- Non. Quand j'ai appris le mensonge, à la vraie mort de mon père, j'ai acheté un appartement avec l'héritage et je l'ai quittée sans un mot.

- Et tu le vis comment ?

- C'est difficile.

- Tu pourrais peut-être lui envoyer une carte.

- Oui, peut-être. Mais tu comprends, je ne veux plus qu'elle puisse intervenir dans ma vie. Je dirai qu'elle est toxique.

- C'est probablement quelqu'un qui souffre beaucoup.

- Peut-être. Mais je crois qu'elle a créé ses souffrances. Il me semble que certaines personnes ne peuvent vivre qu'en se créant des problèmes. Tout ce qu'elle a trouvé pour améliorer sa vie a été de se déclarer « grande malade » – ça me fait doucement sourire quand je vois Mathis – de fumer ses deux paquets de clopes par jour, de se bourrer de médicaments en tout genre et de boire. Je la soupçonne même d'user de stupéfiants.

- Tu sais la religion catholique enseigne le pardon. Peut-être est-il trop tôt pour toi, la blessure est trop fraîche, mais peut-être qu'un jour tu y repenseras.

- Peut-être. Arnaud resta un moment perdu dans ses pensées.

François sortit un harmonica d'une de ses poches. Arnaud ne

l'avait encore jamais vu. Il commença à jouer. Ces notes de musique étaient les bienvenues pour Arnaud après ses sombres pensées.

Chapitre V
Anne et Rémi

Je suis arrivé au Puy-en-Velay. Le soleil est enfin avec moi sur ce chemin. Ça commençait à être fatigant de devoir emporter un kilo de terre de France à chacun de mes pas. Le Puy grouille littéralement de pèlerins. C'est incroyable de voir tous ces gens partirent vers le même but. J'ai découvert que les habitants du Puy-en-Velay s'appelaient les Ponots ! Il est curieux de voir comment les noms se forment. Au moins celui-ci a le mérite d'être assez comique.

Je vais faire une pause de deux ou trois jours. Le temps de me décrotter ! Je prendrai ainsi le temps de retoucher mon carnet. Tu pourrais être là avec moi. Tu aurais pu me rejoindre ici au Puy. Peut-être qu'un jour, nous nous retrouverons sur ce chemin et que nous le parcourrons ensemble.

J'ai rencontré un homme hier, André, il vient de perdre son emploi après vingt-cinq ans dans la même boîte. Après un moment de déprime, il a décidé de faire le pèlerinage. Le courant est bien passé, nous allons repartir ensemble. Marcher quelques jours avec un compagnon me fera du bien.

Tiens, à propos : je suis entré pleinement dans mes habits de voyageur et je m'y sens bien.

La veille, ils s'étaient arrêtés à cinq ou six kilomètres du Puy-en-Velay. Il était tard et ils souhaitaient arriver dans de bonnes conditions dans ce haut lieu des départs pour Saint-Jacques. C'est donc tôt dans la matinée qu'ils y arrivèrent. Ils profitèrent du soleil matinal pour s'installer à une terrasse pour prendre un petit déjeuner. Celui qu'ils avaient pris ce matin se résumait à un café. Ils étaient heureux d'avoir réalisé cette première étape.

François avait eu quelques soucis avec des ampoules mais appréciait cependant la nouveauté de la marche. Il y avait bien longtemps qu'il n'avait pas demandé à son corps de tels efforts. Il était tout étonné lui-même de voir qu'il réagissait parfaitement. Il se rendait compte que, sans la rencontre d'Arnaud à Vézelay, il lui aurait été impossible d'aligner deux jours de marche consécutifs. Il s'entendait bien avec ce grand garçon costaud, intelligent et plein de sensibilité.

Ces heures de marche lui avait permis de faire le point sur sa vie. Arnaud avait raison, la décision qu'il avait à prendre il ne pouvait la prendre seul. Il reconnaissait au père Dutreil un certain courage dans la décision qu'il avait prise. Lui ne la prendra pas seul. Il allait appeler Sabine et lui proposait de finir le chemin avec lui. Il pourrait l'attendre ici au Puy-en-Velay. Elle était nettement plus sportive que lui et était une habituée de la randonnée. Elle ne devrait pas mettre bien longtemps à faire son paquetage. Ensemble ils pourront cheminer et réfléchir à leur devenir. Il lui demanderait, cependant, d'apporter sa tente. Tant que leur décision ne sera pas prise ils feront tente à part.

- Arnaud, j'ai réfléchi à la discussion que nous avons eue.

Et François lui expliqua son projet.

- Je pense que ton choix est raisonné. Ce sera une expérience pour vous deux. Et même si, arrivés à Santiago, vous optez pour la séparation, vous aurez au moins vécu ce grand moment ensemble. Je serai particulièrement heureux que tu me tiennes au courant. Et sache que j'ai particulièrement aimé les kilomètres que nous avons parcourus ensemble.

- Moi aussi. Et je me rends compte que ce n'est pas un hasard si nos routes se sont croisées. Car sans toi, je n'aurais pas décollé de Vézelay.

- Va savoir. Tu as appelé Sabine ?

- Non, je vais chercher une cabine et l'appeler. Je vais aller me recueillir à la Cathédrale, veux-tu m'accompagner ?

- Pourquoi pas, j'y ferai tamponner mon *Credential*.

Le *Credential* est en quelque sorte le passeport du pèlerin. Celui-ci fait tamponner et dater ses étapes de façon officielle dans les églises, les mairies, les campings où il séjourne et même à la gendarmerie si besoin ! Ce document atteste de la route suivie et par conséquent permet de valider à l'arrivée le pèlerinage. Il était important pour Arnaud de le faire tamponner à la cathédrale. Son père avait joint à son carnet de route son propre *Credential*. Arnaud essayer de coller au mieux au pas de son père.

Il enchaîna :

- Tu sais, moi aussi j'ai repensé à notre conversation au sujet de ma mère. Je vais lui écrire. Je lui enverrai une carte d'ici.

- C'est une bonne décision. Tu es différent d'elle. Si tu ne le faisais pas, tu risquerais de basculer dans son monde obscur. Tiens, une cabine, je vais appeler Sabine. Tu m'attends ?

- OK. Je suis en face, je vais chercher une carte. À tout de suite. Il marqua une pause et ajouta. Tout va bien se passer. Et lui fit un clin d'œil.

François entra dans la cabine. Arnaud dans la librairie. Il y avait du monde dans celle-ci. Notamment un groupe de scouts un peu turbulents. Il remarqua l'un de ces gamins à côté du présentoir des cartes postales, lançant des œillades à droite et à gauche. Il s'empara d'une carte et courut vers la sortie. Arnaud le stoppa net dans sa course en l'attrapant par le dos de sa chemise. Il s'agenouilla devant lui. Une jeune fille, très séduisante, qui semblait diriger le groupe s'approcha :

- Qu'est-ce-qui se passe ? Demanda-t-elle ?

- Ce jeune homme s'est un peu perdu dans cette grande librairie. Dit Arnaud en regardant dans les yeux le petit garçon. Il ne trouvait pas la caisse. N'est-ce-pas bonhomme ?

Le gamin avait les yeux pleins de larmes retenues, son menton tremblotait. Il essaya de parler, mais les sons restèrent coincés dans le fond de sa gorge. Il réessaya :

- Je sais que c'est pas bien, dit-il en reniflant. Maman ne m'a pas donné d'argent de poche et je voulais tant envoyer une carte à papa. Il ne sait même pas que je suis là. Cette fois les larmes coulaient sans retenue.

La foule dans la librairie avait empêché que d'autres remarquent la petite scène.

- Ton papa ne vit pas avec ta maman ? Le petit garçon secoua négativement la tête. Arnaud continua : tu sais ce qu'on va faire ? Il secoua à nouveau la tête. Tu vas aller chercher une deuxième carte pour l'envoyer à ta maman et ensuite nous irons à la caisse.

Le gamin le regardait avec de grands yeux étonnés. Arnaud l'encouragea :

- Allez, vas-y !

La jeune fille était toujours à son côté, étonnée. Le gamin

revint vers Arnaud et lui montra la carte en reniflant, il dit :

- J'ai pris des fleurs, elle aime bien les fleurs.

- Je suis sûr qu'elle va adorer, lui répondit Arnaud en lui tendant un mouchoir en papier.

Ils se dirigèrent tous les trois vers la caisse. Le gamin tendit les cartes à la vendeuse, Arnaud ajouta :

- Bonjour, vous mettrez également deux timbres et un stylo, il montrait un stylo *Bic* sur un présentoir pensant que le môme ne devait pas avoir de stylo pour écrire ses cartes.

Il paya et sortit avec le gamin et la jeune fille. Il se remit à genou devant lui et le tenant par les épaules :

- Comment t'appelles-tu ?

- Rémi.

- Tu veux me faire une promesse, Rémi ?

- Oui. Le gamin ne savait pas trop à quoi s'attendre.

- Tu vas me promettre de ne plus jamais faire ça. Si tu ne peux pas faire certaines choses, tu dois t'adresser à une grande personne. Elle sera capable de t'aider. Je ne dis pas que ce que tu veux faire pourra se faire, mais tu auras au moins une explication. Alors tu me le promets ?

Le gamin baissa les yeux et regarda la pointe de ses baskets.

- Oui, je le promets. Il jeta ses bras autour du cou d'Arnaud et dit dans un sanglot, Merci !

- Allez, va retrouver tes potes pour écrire tes lettres, tu pourras les mettre à la boîte tout de suite.

Le gamin partit en courant avec son trésor à la main en

direction du petit groupe qui attendait devant la librairie. Arnaud le suivait des yeux, toujours accroupi. Il entendit derrière lui :

- Je tiens à vous remercier pour ce que vous avez fait.

Arnaud se releva pour faire face à la jeune fille. Elle était aussi grande que lui, les traits fins, le teint hâlé, les cheveux châtains qu'elle portait mi-longs, les yeux gris lui donnaient un regard étrange, une silhouette parfaitement proportionnée se devinant sous la coupe de la chemise et du short de son costume, des jambes longues et parfaitement galbées.

- Ce n'est pas grand-chose, ce gamin souffre de la situation de ses parents. Je sais ce que c'est. La leçon n'aurait pas porté si vous l'aviez puni. Vous ne pensez pas ? Ils se dirigèrent vers la sortie afin de rejoindre le groupe.

- Vous avez raison. Mais peu de gens auraient fait ce que vous avez fait. Je me présente, Anne. Dit-elle en tendant la main.

- Arnaud. Dit-il en la lui serrant.

- Je vois la coquille sur votre sac, vous êtes en partance pour Saint-Jacques ?

- Oui, je marche depuis trois semaines. Je viens de Vézelay. Et vous ?

- J'essaie de tenir cette bande de petits monstres, dit-elle avec beaucoup de tendresse dans la voix. Nous sommes installés à l'Auberge de Jeunesse, en plein centre-ville, nous y restons quelques jours avant de partir pour un camp en montagne. Elle marqua une pause et enchaîna : j'aimerai vous revoir pour vous remercier, on pourrait aller prendre un pot ce soir, quand mes monstres seront couchés et sous la garde de mes collègues ?

- Pourquoi pas ? Il y a encore de la place à l'Auberge ? Je peux planter la tente s'il le faut.

- Je pense que oui. Nous y retournons, vous voulez que je réserve une place ?

- Deux, si cela est possible. Je suis avec un ami. Justement le voilà.

Anne se retourna. François se présenta :

- Bonjour. Je suis François, il lui tendit la main.

- Anne. Arnaud vient de sauver l'un de mes petits monstres du bagne. Dit-elle en désignant le gamin près d'eux.

- Ça ne me surprend pas, c'est le bon samaritain en personne.

Arnaud était gêné. Ses joues commençaient à se colorer. Anne enchaîna :

- Je dois vous laisser, il faut que je regagne le groupe, je le sens prêt à exploser. Je fais les réservations, à tout à l'heure, dit-elle en déposant rapidement un baiser sur la joue d'Arnaud et elle partit en courant rejoindre le reste de la troupe.

Elle se déplaçait avec beaucoup de grâce malgré le port des chaussures de marche. Arnaud était sous le charme en la regardant s'éloigner. Il revint à la réalité, lorsque François fit claquer ses doigts devant son nez.

- Eh, ben, elle ne t'a pas laissé indifférent à ce que je vois. Tu étais parti bien loin.

- Oui, tu as raison. Il changea de sujet. Alors, ta conversation avec Sabine ?

- Tout s'est déroulé comme tu le pensais. Elle arrive dans trois jours et nous partons pour Saint-Jacques ensemble.

- Génial. Je suis vraiment content pour toi.

- Oui c'est génial. Et je tiens à te remercier, c'est grâce à toi. Et la jolie fille qui te fait de l'effet, c'est qui ?

- Elle pilote un groupe de scouts. Quand je suis entré dans la librairie, l'un des gamins était en train de chaparder une carte postale. Je l'ai intercepté et j'ai discuté avec lui. Pauvre môme. Finalement, il est ressorti avec deux cartes et un stylo.

- Je vois. Je te reconnais. Fais attention, je l'ai déjà dit, tu ferais un très bon curé. Si ça continue, avant d'arriver à Saint-Jacques tu vas mal finir ! dit François en le mettant en boîte.

- Bien sûr, répondit Arnaud sans conviction. À propos, Anne va nous réserver une place à l'Auberge de Jeunesse. Ça te va ?

- Parfait.

- Bon, avec tout ça, je n'ai toujours pas de carte postale. Va à la cathédrale, je te rejoins.

Ils se séparèrent. Arnaud acheta les cartes, pour Mathilde et Maître Favre et une pour sa mère. Il alla s'installer à la terrasse du café voisin et sortit son stylo.

Maman,

Je sais que tu as dû te poser beaucoup de questions depuis mon départ. Je voulais juste que tu saches que je vais très bien. J'ai été cependant particulièrement affecté lorsque j'ai appris les mensonges dont tu avais entouré le personnage de papa. Aujourd'hui, je suis sur ses traces et je découvre un homme extraordinaire. Je comprends que tu aies pu souffrir de son départ. Mais avais-tu le droit de faire souffrir ton entourage, moi en premier ? Je veux que tu y réfléchisses.

Est-ce-que je t'en veux ? Probablement. Mais je ne suis pas comme toi, je te pardonne donc pour ce que tu as fait. Je te demanderai une chose, cependant, c'est de ne pas chercher à me revoir. Peut-être qu'un jour, je serai prêt à cette rencontre, c'est moi alors qui viendrai à toi. Tu as quelque chose à faire en attendant : te soigner. L'alcool, le tabac, les médicaments et les drogues n'ont jamais rien résolu. Penses-y.

Arnaud

Il écrivit également les cartes de Mathilde et Me Favre, colla les timbres, et se dirigea vers la boîte aux lettres avant d'aller à la cathédrale. Il y avait du monde à Notre-Dame. Arnaud chercha à repérer François. Il déambula dans les allées profitant de la quiétude du lieu. Il vit François dans les premiers rangs, en prière. Il le laissa afin de ne pas le déranger et se dirigea vers l'endroit où les pèlerins faisaient tamponner leur *Credential* avant de partir sur la *Via Podiensis,* le nom de la route partant du Puy-en-Velay pour aller à Roncevaux. Il fit la queue et attendit son tour. Les pèlerins, avec leur sac sur le dos, comme Arnaud, occupaient beaucoup de place et chacun se heurtait à l'autre. Son tour arriva enfin.

- Bonjour, dit-il en tendant son document. La personne, un homme d'un certain âge, chargée de tamponner les petites cases, inspecta le Credential et dit, surpris :

- Je vois que ce n'est pas un départ pour vous mais une étape. Vous venez d'où ? Il inspecta mieux la première case. Vézelay ? Vous avez déjà quelques kilomètres dans les mollets.

- Oui, effectivement. Je n'ai pas compté mais ça doit faire environ quatre cents kilomètres.

- Tout s'est bien passé ?

- Parfait, le temps superbe et les rencontres extrêmement enrichissantes.

Il donna un coup de tampon et remit le passeport à Arnaud.

- Bonne chance pour la suite et que Dieu vous garde.

- Merci, vous de même.

Arnaud s'éloigna doucement de la table des tampons et attendit François à l'entrée. Comme à Vézelay, l'atmosphère de ce lieu de culte était particulière, tout en étant différente. Il y avait en plus comme un air de colonie de vacances qui flottait dans l'air. Arnaud sourit à cette évocation en pensant à Anne et au petit Rémi qu'il avait rencontrés il y avait un peu plus d'une heure. François arriva et s'assit à côté d'Arnaud sur les marches du parvis.

- Tu me sembles plus serein depuis que tu as parlé à Sabine, dit Arnaud.

- Oui, c'est vrai. L'idée de la retrouver, de faire avec elle ce pèlerinage, et de constater qu'une solution peut exister. Quand je parle de solution, je veux dire une solution à deux, ajouta François.

- J'avais bien compris ta pensée. Il vous reste de nombreux kilomètres pour pouvoir affiner votre avenir. Prenez votre temps. C'est merveilleux de pouvoir vivre un tel périple ensemble.

- Oui, et je ne te remercierai jamais assez de m'avoir aidé.

- Si tu veux me remercier (et tu n'as pas besoin de le faire), je te demanderai seulement de rester en contact, ça me ferait vraiment plaisir. Et si vous passez par chez moi de venir me voir.

- Je pense que ce ne sera pas difficile à faire. Il sourit.

- Et si nous allions à l'auberge. Je me suis renseigné, c'est à trois ou quatre cents mètres pas plus.

- OK, en route mauvaise troupe ! Il rigola tout seul de ce qu'il venait de dire. Il était heureux tout simplement.

L'auberge de jeunesse, située dans la vieille ville, ne comportait pas de camping, mais disposait de nombreux lits. Ça faisait quelques jours que les deux amis dormaient par terre sous leur tente, ils allaient pouvoir passer une nuit dans un vrai lit. Anne avait bien fait les réservations. Ne connaissant que les prénoms, elle n'avait pu faire l'inscription complète. Lorsqu'ils arrivèrent, ils étaient attendus. Rémi, mandaté par Anne, avait la charge de piloter les deux pèlerins. Il faut dire qu'elle n'avait pas dû lui demander deux fois de rendre ce service. Il était fou de joie à l'idée de revoir ce grand gaillard qui avait été si gentil avec lui, qui ne l'avait pas grondé, qui n'avait quasiment rien dit mais qu'il lui avait fait prendre conscience de tant de choses.

- Salut bonhomme, alors c'est toi notre guide ?

- Oui, lui répondit avec fierté Rémi. Je vais vous emmener à votre chambre. C'est une chambre avec deux lits. Le gamin leur faisait l'article. Nous, on dort en dortoir. C'est marrant.

Il leur ouvrit la porte et fit le tour de la petite pièce comme un agent immobilier vantant les mérites d'un appartement à vendre.

- Pour la douche, c'est au bout de ce couloir. Continua-t-il. Alors, ça vous plaît ?

- C'est super, tu sais, il y a longtemps que nous n'avons pas dormi dans un lit. Ça va nous faire du bien à tous les deux. Lui répondit Arnaud.

Le gamin s'approcha de lui.

- Tu vas rester combien de temps avec nous ?

- Je pense partir demain matin, j'ai une longue route à faire. Je vais laver mon linge, prendre une bonne douche, faire un bon repas, passer une bonne nuit et demain matin je reprendrai la route.

- J'aimerais que tu restes plus longtemps, dit-il d'une petite voix implorante.

- Je sais, mon bonhomme. Arnaud réfléchit un court instant : je vais te proposer un marché. Le gamin l'écoutait attentivement. Je vais rester une journée de plus et demain tu me feras visiter la ville, si Anne est d'accord bien sûr. Qu'en penses-tu ?

- Super, je connais plein de choses, je vais tout te montrer.

- OK, je dois, cependant, aller prévenir l'accueil que je vais rester une nuit de plus. Et toi, François, tu restes jusqu'à l'arrivée de Sabine ?

- Oui, nous déciderons quand elle sera là de ce que nous ferons après.

Le gamin reprit la parole tout excité :

- Je vais dire que tu restes encore une nuit. Il partit en courant en direction de l'accueil.

- Tu es devenu son héros, dit François.

- Oui, quelque chose comme ça. Je n'ai pas eu le cœur de le décevoir en partant demain à l'aurore. Je l'aime bien ce môme, se confessa Arnaud.

- Ça se voit.

- Bon, on s'installe ?

Arnaud rangea ses affaires en profitant de l'occasion pour faire une inspection de son matériel et pour charger les différentes batteries de ses appareils : liseuse, dictaphone, appareil photo, téléphone. Il lava ensuite son linge et prit avec un immense plaisir une douche. Il se dirigea ensuite vers la salle commune. Il y retrouva la petite troupe. Anne le vit approcher, elle se dirigea immédiatement vers lui avec un grand sourire.

- Alors, tu t'es installé ? Arnaud nota qu'elle était passée du vouvoiement au tutoiement.

- Oui, merci pour la réservation... et pour le guide mis à notre disposition.

- Je crois que c'était un devoir pour lui, répondit-elle avec un petit rire. Je voulais encore te remercier pour tout à l'heure.

- N'en parlons plus, ça m'a fait plaisir de pouvoir aider Rémi.

- Ça me touche d'autant plus que Rémi est mon frère.

- Ah ! Je ne savais pas. Le gamin a l'air de vivre difficilement la séparation de ton père et ta mère ? Et toi ?

- Tu sais, ça fait quelques années que papa est parti. Je pense que maman n'a jamais bien accepté ce départ.

Arnaud pensa à sa propre situation.

- Je sais ce que c'est, j'ai vécu la même chose. Ma mère a même été très loin en déclarant que mon père était mort. Pendant dix ans j'ai vécu avec ça. Jusqu'au jour où mon père est vraiment mort. C'était en début d'année. Je suis ici sur ses traces.

- Je comprends mieux pourquoi tu as réussi à entrer en communication aussi facilement avec Rémi.

- Probablement. Tu n'as plus de contact avec ton père ?

- Une carte pour l'anniversaire, un cadeau à Noël. Je ne l'ai pas vu depuis quatre ou cinq ans. Il est un peu perdu dans sa philosophie, il est prof.

- Pas simple, n'est-ce-pas ?

- Oui. Tu manges avec nous ce midi, on vous invite, toi et François.

- Avec plaisir.

- Rémi m'a dit qu'il allait te piloter demain.

- Oui, si tu es d'accord bien sûr, c'est la condition *sine qua non*.

- Je suis tellement d'accord, que, si tu veux bien de moi, je vous accompagnerai, dit-elle avec un grand sourire.

- Super, va pour la visite guidée.

- Si on allait rejoindre la troupe à table.

Elle lui prit le bras et ils se dirigèrent vers la table. Rémi avait déjà tout prévu : Arnaud se retrouvait entre Anne et le gamin. François avait sa place en face. Le repas se déroula dans la gaîté. Les deux amis durent raconter leur première étape vers Saint-Jacques et ils furent assaillis de question de la part des « petits monstres » d'Anne. Cette dernière expliqua à Arnaud, qu'étant donné qu'ils étaient cinq accompagnateurs, elle pourrait le lendemain se libérer pour passer du temps avec lui et son frère. François se proposa de la remplacer en donnant le coup de main aux quatre autres adultes du groupe. Les mômes accueillirent la proposition par de grands cris. Le courant passait bien entre François et les enfants.

Une partie de l'après-midi, pendant que les enfants étaient partis à la bibliothèque pour un intermède studieux, Arnaud compléta son carnet de route et relut des passages de celui de son père. Il se rendait compte que leur pèlerinage, bien qu'empruntant les mêmes chemins étaient différents. Probablement que l'âge influait sur la façon de voyager. Le père usant des gîtes et des hôtels, le fils, du camping sauvage, des campings et des auberges de jeunesse. Le voyage du père était beaucoup plus préparé, puisqu'il avait réservé tous ses points de chute. Arnaud, quant à lui, cherchait l'improvisation et par ce biais, l'aventure. Dans les deux cas, les rencontres étaient nombreuses et riches. Cela était dû à leur personnalité qui mettait facilement à l'aise leurs interlocuteurs.

Il ferma le carnet et enregistra ses réflexions. Il repensa à

Anne. Elle lui rappelait Mathilde sous certains aspects. La silhouette élancée, des formes parfaites, le regard étrange. Même l'intonation de la voix rappelait par moment celle de l'amie de son père. La gentillesse qui émanait de sa personnalité était aussi pour quelque chose dans cette ressemblance. Il rêvassa, allongé sur son lit et glissa doucement dans un sommeil réparateur après ces semaines de marche.

Chapitre VI
Veillée scoute

Je vais rester quelques jours au Puy-en-Velay. Les rencontres y sont tellement nombreuses. J'ai pris une chambre dans un hôtel. Nous sommes vraiment ici dans le « temple » du pèlerinage. Tout ici parle de Compostelle. Je m'installe à la terrasse d'un café et je regarde passer les pèlerins. La plupart démarre ici leur voyage. On les reconnaît facilement : ils semblent perdus. Ça fait du bien de faire une pause, je m'aperçois que je vieillis.

André, de son côté, s'est posé dans un camping. Nous visitons la ville à notre rythme chacun de notre côté. Nous nous retrouverons dans quelques jours pour repartir ensemble.

Arnaud se réveilla en sursaut. Il venait de faire à nouveau le même cauchemar. C'est le premier depuis son départ. Était-ce le fait de dormir dans un lit ou bien la rencontre avec Rémi qui lui rappelait tant sa situation ? Il était temps de retrouver les autres. Les enfants devaient être rentrés de la bibliothèque. Il se leva, encore perturbé par les images de son rêve.

La petite troupe était dans la grande salle. La visite à la bibliothèque avait permis de faire des recherches et de démarrer les ateliers que les accompagnateurs avaient organisés. Le but, préparer les enfants aux camps qui les attendaient dans la montagne : faire du feu, monter la tente, reconnaître les animaux, les plantes et les arbres... étaient au programme. Il régnait dans cette grande salle, un joyeux chahut. Mais on sentait que les mômes se sentaient bien et qu'ils avaient hâte de gagner leur camp. Arnaud les observa pendant un long moment. François, participait activement aux ateliers. Il se sentait chez lui. Il comprit que la discussion qu'ils avaient eue ensemble, lui avait permis de se positionner tout de suite dans ce petit groupe. Il soupçonnait la décision que le couple prendrait à l'issue de leur périple.

Rémi le remarqua et lui fit un petit signe de la main. Anne se retourna et le vit également. Elle lui sourit. Il fit de même et s'approcha.

- Tu t'es bien reposé ? François nous a dit que tu t'étais endormi.

- Oui, ça fait du bien de se retrouver dans un lit. Par contre, je ne sais pas si ça te fait le même effet lorsque tu passes un certain temps en camp, mais ça me fait tout drôle d'être à l'intérieur après ces semaines passées à l'extérieur. Je me sens presque oppressé.

- Je sais ce que tu ressens. Ça me le fait régulièrement lorsque je passe quelque temps en camping. Lui répondit Anne. C'est normal, le corps – ou l'esprit – perd l'habitude de l'enfermement.

- Je dois dire que je n'ai jamais pratiqué la rando et le bivouac, c'est nouveau pour moi, je découvre.

- Il me semble que tu as vite appris. Combien tu faisais de kilomètres en moyenne par jour ?

- Je n'ai pas mesuré. Je pense entre vingt et vingt-cinq. Nous sommes deux novices, François et moi. Et puis, on ne cherchait pas l'exploit. Nous avons marché tranquillement. J'ai ressenti, cependant, que je pouvais marcher beaucoup plus vite que François. Il est vrai que nous n'avons pas le même gabarit.

- C'est pas mal pour un démarrage. Je me souviens d'une marche que j'ai faite avec des copines. On arrivait après trois semaines à se taper cinquante kilomètres sans se fatiguer plus que ça. On marchait vite, du sept kilomètres/heure et on avait un sac léger. C'était vraiment super de sentir notre corps répondre à notre demande d'effort.

- Cinquante kilomètres ? Ça me paraît vraiment énorme.

- Non, ce n'est pas si énorme. Une marche normale, sans forcer, c'est cinq kilomètres/heure. Vingt-cinq kilomètres, tu marches cinq heures. Ce n'est pas beaucoup sur une journée. Tu accélères un peu, tu marches huit heures, tu avales sans problème les cinquante kilomètres. Tu verras, quand tu seras seul, pour la deuxième partie de ton voyage, tu y repenseras... et tu le feras sans t'en rendre compte.

- Peut-être, après tout pourquoi pas. Il changea de conversation. Je vois que François vous donne le coup de main.

- Oui, il est génial avec les mômes. Répondit-elle. Elle marqua une pose et demanda : je n'ai pas osé le lui demander, mais j'ai remarqué une croix sur son t-shirt. Tu sais ce que c'est ?

- François est prêtre, dit-il simplement.

- C'est ce à quoi je pensais. Mais il est si jeune que j'hésitais. Tu ne m'as pas dit que sa copine venait le rejoindre ?

- Oui, c'est exact. Par contre, je ne peux pas t'en dire plus. Ça ne regarde que François et lui seul pourrait t'en parler.

- Je comprends. Excuse-moi, c'était une curiosité déplacée. Elle était gênée d'avoir abordée ainsi la question et particulièrement admirative de constater qu'Arnaud ne trahirait pas François. Décidément, ce grand gaillard, extrêmement mûr pour son âge, lui plaisait de plus en plus. Elle changea de conversation : les enfants vous ont encore invités à partager notre repas ce soir.

- Ça devient une habitude. Les enfants ou bien toi ? lui dit-il en la regardant dans les yeux. Elle rougit légèrement et sourit.

- Disons qu'ils n'ont pas eu besoin de me convaincre.

- Et je n'oublie pas que nous avons un pot à aller partager après le repas, lui rappelant l'invitation initiale.

- Je n'oublie pas non plus. Après manger, nous ferons la veillée, l'occasion soit de raconter des histoires, ou de faire de la musique, de chanter. C'est toujours sympa. On pourra sortir après, lorsqu'ils seront couchés.

- J'ai hâte d'y être.

- La veillée ou sortir ? Répondit-elle avec malice.

- La veillée, bien sûr ! Elle rit. Ces deux-là étaient bien sur la même longueur d'onde.

Le repas fut aussi agréable que le déjeuner. Les scouts s'organisèrent pour faire la vaisselle. En un quart d'heure, tout fut rangé. Les enfants avaient hâte d'attaquer la veillée. Roland, un des accompagnateurs commença par une histoire, pas n'importe laquelle, il raconta le pèlerinage de Saint-Jacques de Compostelle. Ainsi, il put d'une certaine façon attirer un peu plus l'attention sur leurs deux invités. Au cours de son évocation, il aborda la question des motivations des pèlerins, racontant que depuis le Moyen-âge, les choses avaient beaucoup changé. L'un des gamins interpella alors Arnaud et François en leur demandant quelles étaient les leurs. C'est François qui intervint le premier. Il raconta les choses simplement, sans donner trop de détails et de façon que ce soit compréhensible pour des enfants de huit ou neuf ans. Ces derniers furent particulièrement surpris d'apprendre qu'il était curé. Anne eut la réponse à la question qu'elle n'avait pas eu besoin de formuler. On sentait que François acceptait beaucoup mieux sa situation depuis qu'une idée d'avenir se dessinait devant lui et Sabine. Il ne culpabilisait plus. Les enfants continuèrent à l'assaillir de questions, notamment : « Comment devient-on prêtre ? ». François ne rejeta aucune question, et répondit sereinement à toutes. On avait l'impression qu'il appréciait ce moment de confession.

Lorsque le flot de questions adressées à François se fut tari, c'est Rémi qui demanda à Arnaud :

- Et toi, Arnaud, pourquoi tu veux aller à Compostelle ? Arnaud aussi joua le jeu.

- Ça a commencé au début de cette année. J'ai appris que mon père était mort. Comme pour certains d'entre vous, mes parents étaient divorcés. Je n'avais pas vu mon père depuis plus de dix ans. En fait, on m'a dit que mon père était mort. Et c'était faux ! puisqu'il est décédé au début de cette année. Et c'est ma mère qui m'a fait croire à cette mort qui n'était pas vraie. Pendant toutes ces années, mon père m'a écrit, une ou deux fois par mois. Jamais, je n'ai pu lire une seule de ses lettres. De nouveau ma mère ! Elle les a toutes détruites. J'ai appris tout ça le même jour. Ça a été terrible pour moi. J'ai pu cependant lire toutes ses lettres, mon père avait fait des copies et à sa mort on me les a données. On m'a donné également un carnet. C'était le carnet écrit par mon père lorsqu'il s'était rendu à Saint-Jacques. Je me suis donc dit que pour essayer de le connaître un peu, ce serait peut-être bien d'aller moi aussi à Saint-Jacques. Je suis le même itinéraire et je lis son carnet au fur et à mesure. Voilà vous savez tout.

Certains enfants ne purent s'empêcher de dire ce qu'ils pensaient de la mère d'Arnaud. Certains étaient révoltés devant tant d'injustice et de méchanceté. Arnaud reprit la parole afin de les calmer :

- Oui, vous avez raison. Elle a agi de façon extrêmement méchante aussi bien envers mon père, qu'envers moi-même. Mais réfléchissez au fait qu'elle a été méchante envers elle-même aussi (les enfants étaient surpris de cette déclaration, il continua). Premièrement, elle n'a plus vu mon père, je pense que ça a dû lui coûter. Deuxièmement, je n'ai jamais été heureux auprès d'elle, ça a dû lui faire du mal quelque part. Troisièmement, en apprenant qu'elle m'avait menti, je suis parti, elle ne m'a pas vu depuis février. Je pense que sa punition a été très grande. Et je suis sûr qu'aujourd'hui, et même peut-être pendant toutes ces années, elle regrette ce qu'elle a fait. Vous ne pensez pas ?

Des « c'est bien fait », « ça lui apprendra », « tant pis pour elle », « elle l'a bien cherché », fusèrent de toute part. Arnaud dut calmer son assistance :

- Un peu de calme les louveteaux. En fait, mon ami François m'a appris que l'homme, s'il est bon, est capable de pardonner. C'est ce que j'ai fait : j'ai écrit à ma mère, c'est pour ça que j'étais à la librairie ce matin, en lui disant que je la pardonnais pour son geste bien que je ne veuille pas la voir pour l'instant.

Les gamins restaient silencieux ne sachant plus que dire. C'est Anne qui reprit la parole, Arnaud remarqua qu'elle avait les yeux un peu humides, en disant :

- Et si maintenant, nous faisions de la musique et nous chantions ? Elle attrapa une flûte, son frère en fit de même.

Ils commencèrent à jouer. Ils étaient tous les deux de vrais virtuoses. Il y avait un jeu entre les deux interprètes. Ils entamèrent un pot-pourri de musiques et chansons populaires : l'un commençait une musique l'autre lui répondait, ils enchaînaient ainsi les morceaux avec une vitesse effrayante. Après un quart d'heure, essoufflés, ils s'arrêtèrent. Toute l'assistance applaudit.

Roland sortit une guitare, et accompagné des flûtistes commença une série de chansons, notamment du Brassens, que les gamins essayaient de chanter en même temps que lui. À la surprise d'Arnaud, François se rapprocha de Roland et chanta tout le répertoire avec lui. Puis il lui demanda s'il connaissait les musiques de Jean-Jacques Goldman. La guitare se mit en marche immédiatement sur « Je te donne », les enfants reprenant à tue-tête le refrain. D'autres morceaux suivirent.

Puis arriva « Là-bas ». Arnaud sursauta. Cette chanson avait été citée par son père dans une de ses lettres. Il lui disait qu'il aimerait l'emmener « Là-bas » où tout était « neuf et sauvage », « libre continent sans grillage ». Qu'il aimerait tant pouvoir rebâtir quelque chose avec son fils à ses côtés. Il fut particulièrement ému à l'évocation de ce souvenir et à l'écoute des paroles de la chanson :

> Là-bas
> Tout est neuf et tout est sauvage
> Libre continent sans grillage
> Ici, nos rêves sont étroits
> C'est pour ça que j'irais là-bas [...]

> Là-bas
> J'aurai ma chance, j'aurai mes droits [...]
> Et la fierté qu'ici je n'ai pas [...]
> Tout ce que tu mérites est à toi [...]
> Ici, les autres imposent leur loi [...]
> Toi et moi, ce sera là-bas ou pas

Cette fois les enfants ne firent pas de bruit. Ils écoutèrent dans un silence quasi religieux cette chanson si importante pour

Arnaud. Sur cette apothéose, les choristes s'arrêtèrent. François n'arrêtait pas de surprendre Arnaud. Anne regroupa son petit monde pour aller se coucher. Rémi vint à Arnaud et, lui passant les bras autour du cou, il le serra dans ses petits bras.

- Bonne nuit, lui dit-il.

- Bonne nuit, mon bonhomme, dors bien.

Il courut rejoindre les autres. François et Arnaud se retrouvèrent tous les deux.

- Tu sais que tu n'arrêtes pas de me surprendre ?

- Ah bon ! Ce ne sont que quelques chansons.

- Bien sûr ! Mais tu as une superbe voix, tu aurais pu faire une carrière et tu connais tout de même tout le répertoire de Goldman et surtout de Brassens, anticlérical bien connu.

- Ce n'est pas parce qu'il n'aimait pas les curés qu'il ne savait pas écrire. Regarde par exemple « Supplique pour être enterré à la plage de Sète », c'est un des plus beaux textes que je connaisse. C'était vraiment un grand bonhomme.

- Je suis d'accord avec toi. Tous les deux ont des textes magnifiques.

Anne revint :

- Ça y est, les petits monstres sont couchés. S'adressant à François : Merci François pour cette veillée. Tu as su transmettre à ces enfants une telle émotion dans ce que tu as dit et dans les chansons que tu as choisies. Je crois qu'ils ne sont pas prêts d'oublier leur soirée.

- Je t'en prie, ne me remercie pas, ça m'a fait plaisir. Voulant laisser le couple seul, il prit congé. Bon, je suis crevé, je vais aller me coucher. À demain, passez une bonne nuit.

- Bonne nuit, dors bien, dit Arnaud ;

- Bonne nuit, à demain, ajouta Anne.

Ils se retrouvèrent seuls. Le silence après l'ambiance de la veillée semblait palpable. Ils se regardèrent. Se sourirent. C'est Arnaud qui rompit le silence :

- Et si on allait le prendre ce pot ?

- Oui, allons-y.

Ils quittèrent l'auberge de jeunesse. La soirée était douce en comparaison de la chaleur de la journée. Ils se dirigèrent lentement vers le centre. Ils marchèrent quelques instants en silence, savourant ce moment de quiétude après l'effervescence de la veillée. Ils savouraient également le simple fait d'être ensemble. Les rues étaient particulièrement fréquentées. Beaucoup de marcheurs avec leur sac à dos. Probablement que la plupart arrivait à cette heure tardive au Puy-en-Velay.

- Tu as remarqué ces pèlerins qui arrivent seulement au Puy, ça ne va pas être facile pour eux de trouver à se loger, dit Arnaud. À moins qu'ils aient une réservation quelque part. Ce serait démarrer du mauvais pied le pèlerinage de ne pas pouvoir dormir convenablement la première nuit. Tu ne trouves pas ?

- Oui, tu as raison. Et toi, comment as-tu démarré ?

- En quelque sorte, j'ai suivi les conseils de mon père au travers de ses écrits. Je me suis posé trois jours à Vézelay afin de rôder mon matériel et – comme dit mon père – endosser les habits du voyageur.

- C'est joliment dit et tellement vrai et nécessaire. Et François ? Il est parti de Vézelay aussi je crois ?

- Oui, nous nous sommes rencontrés à l'auberge de jeunesse, du moins au camping. Il n'était pas particulièrement bien préparé, je lui ai donné un coup de main, nous avons sympathisé et décidé de faire ce premier tronçon ensemble.

- On sent une vraie amitié entre vous deux.

- Je crois que tu as vu juste. Et toi, as-tu déjà songé au pèlerinage ?

- Oui et non. J'aimerais bien, mais étant donné les études, les scouts, etc., je devrai le faire par petits morceaux, faute de temps. Et ça, je ne le souhaite pas. Si je le fais ce sera en une fois, comme toi en ce moment.

- Je te comprends. Devoir rentrer à chaque étape dans les habits du voyageur ce serait frustrant, répondit-il avec un sourire.

- Que dirais-tu d'aller à la terrasse de ce café ? Elle désignait un petit établissement présentant une petite terrasse avec une vingtaine de chaises.

- Ça me paraît sympa.

Ils s'installèrent en face l'un de l'autre. Arnaud, dans la lumière décroissante s'aperçut que les yeux gris d'Anne lui donnait le regard d'une louve. Il fut subjugué.

- Qu'y-a-t-il ?

- Heu ! Rien, dit-il embarrassé. Je pensais à Rémi, mentit-il, il a l'air de souffrir de l'absence de ton père.

- Oui, et il n'est pas le seul. Il est parti un jour sans explication, maman non plus n'en a pas donné. Je pense qu'il n'était pas fait pour élever des enfants. Probablement que cette responsabilité était trop grande pour lui.

Le serveur s'approcha, l'interrompant dans sa réflexion. Ils commandèrent leur boisson. Anne reprit :

- Il ne garde pas vraiment le contact avec nous. Il envoie une carte de temps en temps. Un cadeau pour Noël et aux anniversaires.

- Et toi, tu gardes le contact ? Tu lui écris ?

- Non, je pense que de mon côté j'ai, comme on dit, coupé les ponts.

- C'est plus difficile de comprendre les motivations de ton père si tu ne lui parles pas.

- C'est sûr. Mais, tu comprends, je me sens trahie et abandonnée. C'est difficile dans ces conditions d'essayer de renouer le lien.

Le serveur revint avec les boissons. Ils trinquèrent au pèlerinage et au camp dans la montagne et gardèrent le silence quelques instants. Arnaud la regardait alors qu'elle sirotait son Coca. Elle lui rappelait de plus en plus Mathilde : même dignité, même prestance, même regard étrange. Anne surprit son regard :

- Qu'y-a-t-il, tout à l'heure tu me regardais de la même façon.

- Tu me fais penser à une amie de mon père, dit-il sans se dérober cette fois.

- J'espère que c'est un compliment, dit-elle en souriant.

- Tu peux en être sûre. Il sourit, la regardant encore il ajouta. Tu sais que dans la lumière du soir, tu as le regard sauvage d'une louve. Il se surprenait d'avoir osé dire cela.

- Dois-je le prendre aussi pour un compliment, dit-elle en rougissant.

- C'est aussi un compliment, lui répondit-il rougissant autant qu'elle. Je ne me reconnais pas, je n'imaginais pas être capable de dire ce genre de chose. Il marqua une pause et ajouta : et c'est vraiment ce que je ressens.

Elle le regarda intensément et finit par lui répondre :

- Tu es très différent des autres garçons de ton âge. Plus posé, plus mûr aussi. À son tour de marquer une pause : et je me sens bien à tes côtés.

- Moi aussi. J'ai vraiment apprécié cette journée. Tu sais, je n'ai jamais réellement eu d'amis. Probablement que je me censurais par rapport à ma mère, que je m'interdisais de nouer de réelles relations. Quand j'ai rencontré les amis de mon père, j'ai compris ce que pouvait être l'amitié. La lecture du carnet de route également m'a montré toute la richesse des rencontres que mon père a pu faire. Et moi maintenant, sur ce même chemin, je rencontre des gens formidables, François, Rémi et surtout toi.

- Je sais ce que tu ressens. Après-demain, tu seras de nouveau sur le chemin, tu feras d'autres rencontres toutes aussi intéressantes.

- Probablement. Arnaud resta silencieux un moment, il préféra embrayer sur un autre sujet : alors le programme de demain ? Qu'as-tu prévu ?

- Je vais laisser Rémi diriger la visite. Nous venons tous les ans ici, il commence à bien connaître.

- Je peux vous inviter au restau à midi ?

- Je pense qu'il sera fou de joie, elle marqua une pause, et moi aussi. Si nous rentrions, je dois aller vérifier que tout ce passe bien avec les petits monstres.

Ils s'éloignèrent doucement, comme à regret. Après quelques pas, Anne glissa sa main dans celle d'Arnaud. En silence, ils parcoururent le chemin jusqu'à l'auberge. Tout était calme quand ils y arrivèrent. Les « petits monstres » dormaient. Ils s'arrêtèrent devant la porte d'Arnaud, ils se regardèrent dans les yeux, puis Anne dit :

- À demain, fais de beaux rêves, et elle déposa un baiser sur sa joue, avant de s'éloigner rapidement vers le dortoir.

- À demain. Elle avait déjà tourné le coin du couloir. Ils ne pourront être que beaux, ajouta-t-il tout bas.

Il ouvrit la porte doucement. François dormait profondément. Il se coucha, pensant à Anne. Ses rêves, cette nuit-là, l'emmenèrent dans le sillage d'une louve dans l'immensité de la taïga.

Chapitre VII
Visite guidée

Je suis tombé hier sur un petit groupe de pèlerins. Ils sont quatre, deux hommes, deux femmes. Ils vont marcher ensemble pendant une quinzaine de jours. Nous allons les accompagner avec André. Deux semaines de marche avec un petit groupe peut être intéressant, d'autant que nous avons passé une agréable soirée hier soir tous ensemble. Ils sont profs, tous les quatre. Et les discussions vont bon train. J'aimerais, Arnaud, que tu puisses discuter avec eux, c'est enrichissant, d'autant que les niveaux sociaux sont différents et qu'André a vécu des choses très éloignées de ce qu'ont pu vivre nos quatre profs.

Arnaud se réveilla de bonne heure. Les rêves de la nuit avaient été beaucoup plus agréables que son cauchemar récurrent. Il flottait sur un petit nuage. François dormait toujours. Il récupérait enfin des jours de marche et surtout du stress de la décision qu'il devait prendre. Arnaud sourit en le voyant ainsi endormi, il paraissait encore plus jeune. Il décida de se lever immédiatement afin de ne pas le déranger. Il regagna la salle commune. Anne était déjà là. Elle ne l'avait pas entendu. Elle lui tournait le dos. Il put l'admirer tout à loisir. Elle était vraiment magnifique. Elle dut se douter de sa présence. Elle se retourna lentement jusqu'à lui faire face. Elle sourit en le voyant, il répondit à son sourire. Il s'avança.

- Bonjour, lui dit-il ?

- Bonjour, dit-elle en se rapprochant de lui et en déposant un baiser furtif sur les lèvres. As-tu bien dormi, ajouta-t-elle en s'écartant.

- Merveilleusement, j'ai pas mal voyagé dans le Grand Nord, répondit-il avec un sourire entendu. Et toi ? Tes « petits monstres » ont été sages ?

- Très bien. Moi aussi, je me suis baladée dans de vastes régions nordiques. Elle s'arrêta un instant, et j'ai particulièrement aimé ça.

Ils se sourirent.

- Café pour le petit déjeuner ? Ajouta-t-elle.

- Oui, s'il te plaît. Merci.

- Rémi est déjà en train de se préparer. Il a hâte de partir en expédition ! Installe-toi, j'amène le café.

Il s'assit à une petite table. Elle vint le rejoindre et s'installa en face de lui. Elle déposa sur la table le café et le pain. Elle fit le service, il prépara des tartines.

- J'ai beaucoup apprécié notre petite sortie hier soir, dit-elle en mettant du sucre dans son bol.

- Moi aussi. Tu as raison sur un point, je vais faire des rencontres sur le chemin. Mais je suis sûr d'une chose : je veux garder le contact avec toi. J'aimerai savoir ce que toi tu souhaites ?

Elle prit un moment avant de répondre.

- Tu sais, je ne me suis jamais engagée avec qui que ce soit. Je pense que l'échec du couple que formait mes parents y est pour beaucoup. Elle marqua de nouveau une pause : moi aussi, je veux que nous restions en contact. Je ne veux pas que les choses aillent trop vite, mais je veux te revoir. Elle avait réussi à dire les dernières phrases d'une traite. Elle attendait sa réaction.

- On fera comme ça, laissons du temps au temps. Lui aussi marqua une pause, je ne veux pas te perdre.

Rémi débarqua en fanfare. Tout excité à l'idée de passer la journée avec Arnaud et sa sœur.

- Salut Arnaud, salut sœurette.

Il embrassa sa sœur sur la joue.

- Bonjour Rémi, dit Arnaud, tu me sembles bien énervé.

- On va passer une journée géniale !

- Qu'as-tu prévu ?

- On va visiter toute la ville, le gamin était un peu pris au dépourvu il n'avait pas de programme.

- Ça va être super.

Anne vint à la rescousse de son frère :

- Si on commençait par la cathédrale et le cloître, Rémi qu'en penses-tu ? Puis le musée, la bibliothèque peut-être aussi, le Rocher Corneille et visiter la vieille ville.

- Oui on peut faire comme ça, répondit le gamin... sauvé par sa sœur.

- On peut aussi suivre un des itinéraires de visite fléché, ce serait plus simple. Tiens Rémi, j'ai le dépliant de l'Office de Tourisme pour que tu puisses nous guider. Elle lui tendit la petite documentation. Arnaud la soupçonnait de l'avoir préparée pour son frère.

- Super ! Je serai le guide, dit-il avec fierté. On s'en va quand ?

C'est Arnaud qui intervint :

- Je prends une douche et on s'en va. Tu es d'accord, Anne ?

- Parfait. Rémi, tu m'aides à la vaisselle.

Arnaud se doucha et un quart d'heure plus tard, il était à côté du frère et de la sœur. Ils partirent immédiatement. Les scouts commençaient à se réveiller. Roland avait pris les commandes en l'absence d'Anne. François, quant à lui, dormait toujours.

Rémi prit son rôle au sérieux. Dépliant en main, il démarra la visite guidée, expliquant numéro après numéro ce qu'il fallait voir. Anne et Arnaud se retenait de rire devant les efforts du gamin pour lire les noms latins, les dates, ... Ils déambulèrent ainsi dans les vieilles rues pentues, s'arrêtant aux ordres de leur guide en costume scout, devant les monuments ou sur une place.

Anne et Arnaud se donnait la main, sans que cela eût l'air de surprendre le frère. Arnaud les soupçonnait d'être très proches. La visite dura toute la matinée. Ils étaient heureux. Le gamin exultait. Arnaud proposa de faire une pause pour déjeuner. Ils repérèrent un petit restaurant type brasserie. Ils y entrèrent. Anne avant de les suivre passa un coup de téléphone à Roland pour vérifier que tout se passait parfaitement.

Pendant ce temps, les deux garçons s'installèrent.

- Chapeau pour la visite, dit Arnaud à Rémi, c'était vraiment super. Je ne regrette pas d'avoir reculé d'une journée mon départ.

- Je t'avais bien dit qu'il ne fallait pas que tu partes.

- Et tu avais raison. La sœur arriva :

- Raison pour quoi, demanda-t-elle ?

- De m'avoir demandé de rester une journée de plus, dit Arnaud. Je ne le regrette pas, surtout une visite avec un guide chevronné.

- Ça veut dire quoi, chevronné, interrogea Rémi.

- Ça veut dire expérimenté, lui répondit Anne. Les yeux de Rémi brillèrent de fierté.

- Tout s'est bien passé à la colo ? demanda Arnaud.

- Oui tout va bien, François donne le coup de main comme hier. Les mômes sont fous de lui, il est tellement gentil.

- On commande ? Demanda Arnaud.

Le serveur arriva et prit les commandes. Quand il se fut éloigné, Rémi demanda, s'adressant à sa sœur, un peu intimidé :

- Tu crois que papa a reçu ma carte ?

- C'est possible, tu l'as envoyée hier matin. Mais je pense qu'il la recevra plutôt demain.

- L'important, c'est qu'il la reçoive et qu'il sache que tu penses à lui, ajouta Arnaud.

- Tu crois qu'il nous aime ? Le gamin s'adressait directement à Arnaud.

- J'en suis sûr. Tu sais ce n'est pas parce qu'il ne te voie pas qu'il ne pense pas à toi. La vie des grandes personnes est parfois très compliquée.

Anne enchaîna :

- Je te propose un truc Rémi, quand nous rentrerons à la

maison, nous lui rendrons une petite visite. Qu'en dis-tu ? La conversation de la veille et la nuit avait aidé Anne à se repositionner par rapport à son père.

Les yeux de Rémi pétillaient de bonheur. Il ne put empêcher une larme de couler.

- Tu crois que maman voudra bien ? Le gosse était inquiet.

- Bien sûr, nous irons tous les deux. Nous expliquerons simplement à maman, que nous avons aussi besoin de voir papa. Tu es d'accord ?

- Oui, c'est génial. On pourra lui raconter qu'on a rencontré Arnaud.

- Si tu veux. Anne sourit à la réplique de Rémi. Il considérait de plus en plus Arnaud comme un grand frère presque comme un père.

- Je pense que tu auras d'autres choses plus importantes à raconter à ton père, lui parler de toi par exemple, intervint Arnaud.

- Oui, mais c'est important que je lui parle de toi, tu m'as évité le bagne quand même.

Anne et Arnaud éclatèrent de rire, il faisait allusion à la petite phrase d'Anne lorsque François était arrivé après l'épisode de la librairie.

- Oui, tu as raison, c'est important. Les deux amis riaient toujours.

Rémi ne put arrêter de parler de tout le repas, il avait toujours une histoire à raconter. Arnaud était sous le charme tout comme il était sous le charme de sa louve de sœur. Le frère lui rappelait tellement ce qu'il avait vécu petit.

Ils consacrèrent l'après-midi à la visite de la cathédrale, du cloître, du musée, du théâtre. Ils revinrent tranquillement à l'auberge par les petites rues en pente. Ils étaient heureux tous les trois de cette journée passée ensemble, de ces moments complices, de ce bouton de relation prêt à éclore dans cette chaleur humaine.

Tout était prêt pour le repas du soir. Ils eurent juste à s'installer pour manger avec cette joyeuse petite troupe. À un moment, un des plus petits de la troupe vint trouver Arnaud et lui posa une question qui le surprit :

- Tu sais comment on appelle un petit « *fien* » ? Le gamin faisait des efforts évidents pour avoir un problème d'élocution. Arnaud crut comprendre qu'il s'agissait d'un petit « chien ».

- Je ne vois pas, répondit-il entrant dans son jeu.

- Bah ! *F'est éfident*, dit-il toujours avec son problème de prononciation, c'est un « *canif* ». Et il éclata de rire et partit.

- Excellente, n'est-ce-pas, dit François qui avait écouté. Il ajouta innocemment, c'est moi qui la lui ai apprise.

- Effectivement, elle est excellente. Je vois que tu n'as pas perdu ton temps.

- Ça a été très enrichissant, je dois dire. Merci pour ce matin, pour m'avoir laissé dormir. Je n'avais pas remarqué combien j'avais besoin de récupérer.

Anne intervint :

- C'est normal, en rando, le marcheur a besoin de se ressourcer toutes les deux ou trois semaines selon les personnes. C'est physiologique. Tu verras, une petite période de repos plus longue et c'est reparti. Il faut mettre à profit la météo. Si tu vois qu'il pleut lorsque tu te réveilles et que tu as besoin de récupérer, profites-en, dors plus tard. Il m'est arrivé de dormir dix ou douze heures dans des cas comme cela. C'est extrêmement réparateur. Il faut se laisser guider par son corps. Regarde Arnaud, il s'est effondré dans l'après-midi. Ce matin, il était frais et dispo.

- À propos, c'est quoi ton planning demain ?, demanda François en s'adressant à Arnaud.

- Je vais essayer de démarrer tôt, je voudrais marcher à la fraîcheur. Nous avons eu très chaud les derniers jours de notre voyage. Je préférerais faire une longue pause à la mi-journée. Et repartir ensuite.

- Un bon choix, opina Anne. Se penchant un peu vers lui, elle demanda : tu pars à quelle heure précise, je voudrais être là pour te dire au revoir.

- Cinq heures et demi, ce n'est pas trop tôt ?

- Je serai là, dit-elle en le regardant dans les yeux, son regard de louve était légèrement voilé. Il faudra que tu le dises à Rémi, qu'il puisse te faire ses adieux ce soir.

- Bien sûr, après la veillée je le lui dirai.

Comme le jour précédent, la veillée fut un moment exceptionnel de partage. Cette fois, un autre accompagnateur commença à raconter des histoires plus sur le ton d'une fable. Les enfants étaient captivés. Puis les instruments de musique sortirent des housses et comme la veille, ils eurent droit à un petit concert. Anne, cependant, ne sortit pas sa flûte. Assise aux côtés d'Arnaud, ce dernier la sentait triste. Son prochain départ devait y être pour beaucoup. Il se pencha à son oreille et lui dit :

- Nous garderons le contact et étape après étape, nous

progresserons dans notre vie. Je te le promets.

Elle le regarda, ses yeux exprimant sa tristesse :

- Je sais que tu le feras. Moi aussi, je te le promets.

- Tu vois, si je devais arrêter mon pèlerinage ici, je serais déjà comblé. Mais je dois aller jusqu'au bout de mon projet. Dans deux mois, deux mois et demi, je serai à Santiago et je n'aurai plus qu'à revenir vers toi, seulement à ce moment mon pèlerinage prendra fin.

Elle lui sourit.

- Marche vite alors ! Elle lui fit un triste sourire.

Le récital prenait fin. La petite troupe allait regagner le dortoir. Rémi se dirigea vers Arnaud et sa sœur.

- Tu ne veux pas rester encore demain ? demanda-t-il.

- Tu sais que ce n'est pas possible mon bonhomme. Le gamin lui entoura le cou de ses bras et cala sa tête sur sa poitrine. Arnaud continua : mais je te fais une promesse, celle de te revoir lorsque j'aurai fini mon voyage. Ce ne sera pas long, ce sera juste avant que tu ne retournes à l'école ou un tout petit peu après la rentrée. Ta grande sœur te tiendra au courant. Tu es d'accord ?

Un petit « oui » monta de la gorge de Rémi. Arnaud continua :

- Demain matin, quand tu te réveilleras, je serai parti. Je dois partir très tôt sinon je vais avoir trop chaud. Tu veux me faire une promesse à ton tour ?

À nouveau un petit « oui » suivi par un reniflement :

- Tu devras prendre soin de ta sœur, elle a autant besoin de toi que toi d'elle. Tu pourras faire cela en m'attendant ?

Le gamin se redressa, surpris, regarda alternativement Anne et Arnaud, puis fièrement annonça :

- J'en prendrai soin, tu peux me faire confiance. Le couple sourit devant sa détermination.

- Allez, passe une bonne nuit. Arnaud l'embrassa sur la joue. Le gamin en fit autant. Il prit ensuite sa sœur par les épaules et dit :

- Je vais prendre soin de toi, ma sœurette ! Et il l'embrassa sur la joue en la serrant dans ses bras.

- Dors bien, petit monstre, lui répondit-elle tendrement.

Il partit en courant rejoindre les autres. Ils restèrent seuls dans la salle. Anne lui prit la main et la serra.

- Merci, dit-elle.

- Merci ? Mais de quoi ?

- Tu lui donnes de l'espoir et tu nous as rapprochés d'une certaine façon. Je me rends compte que je n'ai pas été capable de l'aider ni de trouver les mots justes devant l'absence de papa. La preuve, il n'a pas été en mesure de me dire qu'il voulait envoyer une carte à notre père. En deux jours, tu as tout révolutionné. Moi aussi, tu m'as donné l'espoir... et quelque part ça me fait peur.

- Il faut suivre ton chemin, et laisser tes sentiments te dicter la voie.

- Je suis de garde dans le dortoir ce soir. Il faut que j'y aille. À demain pour ton départ. Comme hier, elle déposa un baiser furtif sur ses lèvres, et disparut rapidement vers le dortoir.

Arnaud resta un moment, seul dans la grande salle avant de se diriger vers sa chambre. François était en train de lire couché dans son lit. Il regarda son ami entrer et s'asseoir sur son lit.

- Ça va ? lui demanda-t-il.

- Oui, répondit Arnaud.

- Il me semble que devoir quitter Anne est particulièrement douloureux.

- Oui, tu as raison. Nous en avons parlé. Je dois finir mon pèlerinage. J'ai promis à Anne ainsi qu'à son frère de garder le contact. Je tiendrai ma promesse.

- Je n'ai pas de doute à ce sujet. Tu verras, la séparation renforcera encore les liens qui vous unissent.

- Merci. Je vais préparer mon sac, je vais me lever à cinq heures. Je te prie de m'excuser si je te réveille demain.

- Tu rigoles, je vais me réveiller pour te dire au revoir. Et moi non plus, je ne veux pas qu'on perde le contact, et je n'ai même pas besoin de promesse de ta part.

Tristement, Arnaud regroupa ses affaires et refit son sac.

Chapitre VIII
Marie et Jo

Notre petit groupe a décollé ce matin du Puy-en-Velay. Il y a un côté potache parmi ses membres. C'est sympa. Je ne pense pas que j'aurai pu marcher ainsi avec d'autres sur la première partie. J'avais besoin de me retrouver avec moi-même avant de pouvoir retrouver les autres. Le beau temps reste avec nous, il fait très chaud à la mi-journée.

Mes camarades ont prévu de faire tous les arrêts sous la tente. Je dois donc partager celle de quelqu'un, puisque j'ai fait le choix de ne pas prendre de tente et de profiter des gîtes, chambres d'hôte et hôtel. Jean s'est proposé. À bien y réfléchir, la tente offre l'autonomie qui me manque. Peut-être me faudra-t-il réviser mes plans pour la suite.

Si nous avions été tous les deux, Arnaud, nous aurions utilisé la tente. Nous nous serions arrêtés dans les campings, tu aurais pu te faire des copains.

À cinq heures et demie, Arnaud était dans la grande salle, son sac à ses pieds, le bâton à la main. Anne était là, toujours aussi sublime. Elle avait préparé du café ainsi qu'un petit sandwich qu'il pourrait manger en route. Ils burent ensemble un café, en silence. Puis Arnaud demanda :

- Comment s'est passée la nuit au dortoir ?

- Ça a été. Rémi a fait un cauchemar. Je soupçonne un lien avec ton départ.

- Probablement. Et toi ? lui demanda-t-il après une pause.

- Je n'ai pas beaucoup dormi. Là aussi... un lien avec ton départ. Elle lui tendit un bout de papier, il l'ouvrit, étaient inscrits « Anne » suivi de son numéro de portable. Il l'enregistra tout de suite dans son téléphone. Il reprit le bout de papier en inscrivit « Arnaud » suivi de son propre téléphone.

- Je te tiendrai au courant au fur et à mesure de mon avancée. Il sentait son courage disparaître petit à petit.

Il l'enlaça, elle se blottit contre lui. Ils restèrent un long moment ainsi. Quand Anne s'écarta, elle avait les yeux rougis. Il l'embrassa tendrement. Elle essaya de lui redonner la motivation qu'il avait perdue :

- Il faut que tu y ailles, la météo annonce une très forte chaleur pour aujourd'hui.

Il ramassa son sac, le cala sur son dos, boucla la ceinture et prit son bâton. Elle l'accompagna en le tenant par la main jusqu'à la porte de l'auberge. Il fallait qu'il parte sinon il n'y arriverait plus. Ils se lâchèrent lentement et il entreprit de remonter la rue en essayant de ne pas se retourner. S'il se retournait, il ferait demi-tour et ne partirait pas.

Anne attendit qu'il ait tourné le coin de la rue avant de rentrer. Elle sortit un mouchoir et essuya ses magnifiques yeux. Il fallait qu'elle retrouve la maîtrise d'elle-même afin de pouvoir s'occuper du groupe. C'était leur dernier jour au Puy-en-Velay, demain un bus les emmènerait au camp de montagne.

Arnaud, de son côté, marchait sans réellement se rendre compte de ce qui l'entourait. Il n'avait qu'à repérer les marques rouges et blanches du balisage du GR65®[1] qu'il allait suivre dorénavant pour ne pas se perdre. Il fut dans cet état second jusqu'à la mi-journée. Il s'aperçut alors qu'il avait parcouru près de trente kilomètres et qu'il commençait à avoir faim.

Il se posa dans le petit village de Monistrol-d'Allier afin de manger le sandwich préparé par son amie. Il commença à s'installer lorsqu'un vieux monsieur, probablement habitant du village, s'arrêta :

- Bonjour jeune homme. En partance pour Compostelle ?

- Bonjour. Effectivement, on ne peut rien vous cacher. Pouvez-vous m'indiquer un endroit où je pourrai remplir ma gourde ? Avec cette chaleur j'ai vidé mes réserves sans m'en apercevoir.

- Viens à la maison, c'est juste à côté. Ce sera plus agréable pour toi, pour manger, il fera moins chaud à l'intérieur.

Arnaud ramassa son sac et le jeta sur son épaule. Il suivit cet ange providentiel au rythme de son bâton sur la route.

- Je me présente, je m'appelle Arnaud.

- Moi, c'est Georges, on m'appelle Jo. Je vais te présenter Marie, ma femme.

Ils arrivèrent à la maison. Arnaud reçut la fraîcheur de l'intérieur comme une douche froide, il fut parcouru par un frisson.

- Heureusement que vous m'aviez prévenu qu'il faisait frais à l'intérieur. Il frottait ses bras pour dissiper les effets de la chair de poule.

---

1 GR® : Sentier de Grande Randonnée balisée par la FFRP (Fédération Française de Randonnée Pédestre) ; marque déposée par la FFRP

- Cette maison est extraordinaire en été. L'épaisseur des murs y est pour beaucoup et Marie gère l'ouverture des volets au fur et à mesure de la rotation du soleil. On n'a pas besoin de clim chez nous, pas besoin d'énergie ! Il souriait, heureux de la surprise d'Arnaud en entrant dans la maison. Arnaud, je te présente, Marie. Marie, Arnaud, un pèlerin. Une petite vieille approchait, tout sourire. Arnaud ne devait pas être le premier pèlerin à s'arrêter ainsi.

- Désolé de vous déranger madame, j'ai besoin d'un peu d'eau et votre mari m'a gentiment proposé de me ravitailler chez vous.

- Il n'y a pas de dérangement, ça nous fait toujours plaisir de recevoir des pèlerins en partance pour Compostelle. Vous savez, nous-mêmes nous l'avons fait, il y a bien longtemps maintenant. D'ailleurs, vous allez manger avec nous. À table, dit-elle de façon autoritaire.

- C'est vraiment gentil à vous. J'avais compté faire une pause aux heures les plus chaudes, mais je n'avais pas espéré le faire dans ces conditions.

- Installe-toi mon grand et ne discute pas, dit Marie, toujours avec son grand sourire. Ses yeux pétillaient de plaisir.

Jo lui désignait une chaise. Arnaud déposa son gros sac dans un coin de la pièce afin de ne pas gêner Marie dans ses déplacements. En bougeant le sac, son bâton de bois tomba et sonna sur les dalles de pierre qui recouvraient le sol. Arnaud le ramassa. Jo s'approcha et lui prit doucement le bâton des mains.

- C'est bizarre, il me semble avoir vu le même bâton avant. Hein, maman, ça ne te dit rien ?

Marie s'approcha et examina le bâton. Arnaud l'avait fait lui-même à partir d'un manche de binette en bois dur de hêtre présentant un renflement en haut à la manière d'un pommeau de canne. Il avait appliqué plusieurs couches de lasure afin de protéger le bois. Il avait vissé un tire-fond en inox et une rondelle à l'extrémité afin que les chocs répétés sur les sol dur n'éclatent pas le bois. Enfin une dragonne réalisée dans un lacet de cuir graissé, passé à travers un trou permettait de le fixer au poignet.

- Tu as raison, je ne sais plus, mais je suis presque sûr qu'un pèlerin est venu ici avec un tel bâton.

- Tu l'as eu où mon gars ?

- Je l'ai fabriqué. J'aime le contact du bois. C'est plus lourd que les bâtons télescopiques en alu, mais plus agréable et on peut s'appuyer dessus sans qu'il se replie. C'est mon père qui m'a indiqué comment le fabriquer et quels en étaient les avantages.

- Ton père ? Il est allé à Saint-Jacques ?

- Oui, il y a cinq ans. En fait, pour tout dire, je suis sur ses traces, je ne l'ai pas bien connu. Il m'a laissé un carnet de route. En quelque sorte, je suis en pèlerinage vers mon père.

- Cinq ans tu dis ? Attends un peu.

Il se dirigea vers une vieille armoire en bois massif. Il l'ouvrit. À l'intérieur, s'alignaient des albums portant sur la tranche le numéro d'une année. Il prit l'album marqué « 2005 » et commença à tourner les pages. Après quelques instants, il exulta :

- Je le savais. Regarde. Il tendit l'album à Arnaud.

Celui-ci le prit en main et regarda la photo qu'il lui indiquait. Arnaud crut qu'il allait tomber : sur la photo, son père !

- C'est mon père, balbutia-t-il.

Il se dirigea vers la chaise que Jo lui avait désignée pour s'asseoir. Il regardait toujours la photo. Jo et Marie gardaient le silence face au trouble d'Arnaud. Marie, tout à coup, s'exclama :

- Mon gratin ! Elle se précipita vers sa cuisinière.

Jo s'approcha d'Arnaud.

- Je me souviens bien de lui. Il a dormi une nuit ici. Il nous a écrit régulièrement depuis. Ça fait plusieurs mois que nous n'avons pas eu de ses nouvelles.

Arnaud reprenait le dessus. Marie revenait portant le gratin de courgettes.

- Il est mort en début d'année, dit Arnaud.

- Je suis désolé. Jo posa la main sur son épaule.

- Je ne m'attendais pas à trouver la trace de mon père ainsi. Surtout, grâce à mon bâton de marche, dit-il en regardant le bâton qu'il avait laissé sur son sac.

- Nous avions longuement discuté sur le bâton de ton père, nous avions débattu toute une soirée sur les avantages de l'alu et du bois et ceux d'utiliser un ou deux bâtons. Je me souviens maintenant qu'il a même parlé de toi. Ton absence lui pesait énormément, il aurait aimé que tu sois avec lui sur ce chemin.

- C'est tout de même incroyable cette coïncidence.

- Ne crois pas ça. Tu verras que ton pèlerinage sera fait d'une multitude de coïncidences. Quand nous avons fait le nôtre, nous habitions dans la partie nord de la France, dans l'Aisne précisément. Le premier jour de ma retraite, nous sommes partis de chez nous. Nous avons voyagé pendant six mois. Nous voulions remonter à pied, mais l'hiver était là. Nous avons pris le train. Nous avons remarqué qu'en marchant tu déplaces ce que j'appelle « une bulle de relations ». Dans cette bulle, tu trouveras toujours des coïncidences qui te surprendront. La coïncidence d'aujourd'hui est simple à expliquer. Ton père a dû partir du Puy-en-Velay à la même heure que toi. Et naturellement, à la mi-journée, vous faites la pause. Et où faire la pause sinon ici ?

- Mon père a écrit quelque chose de similaire dans son carnet. Lui appelait ça la « bulle de connaissances ». Vous avez raison, j'ai déjà pu le constater. En discutant, on trouve toujours quelqu'un qui connaît quelqu'un... et la chaîne se met en place dans la bulle. C'est une des grandes découvertes que j'ai faite dans ce voyage.

- Tu as remarqué nos albums. Nous faisons des photos de tous les pèlerins qui passent par chez nous. On passe un moment à discuter, à échanger. Pour ceux qui le souhaitent, nous avons même un livre d'or. Je vais regarder si ton père a écrit quelque chose. Il retourna à l'armoire aux pèlerins et en sortit un gros cahier relié en cuir. Il commença à le feuilleter afin de retrouver la période correspondante au passage du père. Là ! J'y suis. Il tendit le cahier à Arnaud.

Ce dernier le prit et lut :

À Jo et Marie, un grand merci pour votre hospitalité. Ce sont des moments comme ceux-là que je suis venu chercher ici sur le chemin. J'espère qu'un jour, Arnaud, pourra lui-même partager de tels instants, si riches en émotions humaines.

Arnaud sortit un stylo et dit à Jo :

- Je peux ?

- Bien sûr, mon gars, c'est fait pour ça. Et Arnaud écrivit :

Par delà les années, les pèlerins se répondent grâce à des gens merveilleux comme le sont Marie et Jo. Oui, papa, je vis les moments que tu as vécus avec la même intensité. Oui, tu as laissé dans la poussière du chemin des traces indélébiles. Je les suis et je te découvre petit à petit. Tu es à mes côtés tout au long de ces kilomètres. Et je dois dire que moi aussi je suis entré pleinement dans mes habits de voyageur et que, tout comme toi, je m'y sens bien.

- Après toute cette émotion, il faudrait peut-être manger, ça va finir par être froid. C'était Marie qui ramenait tout le monde sur terre en essuyant une larme au coin de l'œil. Allez, à table.

Tous les trois s'installèrent et Marie remplit les assiettes. Jo continua :

- Ton père ne marchait pas pour la religion, je pense que tu as dû le lire ou le comprendre dans son carnet. Je pense, cependant, qu'il y avait une quête de spiritualité chez lui. Spiritualité teintée d'humanisme. Il croyait en l'Homme malgré ce qu'il avait vécu.

Arnaud comprit que son père s'était ouvert à ce couple.

- Oui, je le pense aussi. Spiritualité et humanisme ce sont bien les deux termes qui le caractérisent le mieux. Je pense ne pas être très éloigné de ses propres quêtes. Après ce que j'ai vécu de mon côté, j'ai besoin de renouer avec le genre humain. Et je dois dire que la thérapie pour l'instant va dans le bon sens. Je ne sais pas si c'est lié à l'état de pèlerin mais il est vrai que les personnes rencontrées ont une aura – si je peux dire – qui les caractérisent. J'ai vraiment rencontré des êtres exceptionnels. Et mon pèlerinage ne fait que commencer. Je pense même que le destin m'a mis sur le chemin de quelqu'un qui commence à compter énormément pour moi. La décision de quitter le Puy-en-Velay a été très dure à prendre. Mais je dois aller au bout du pèlerinage. Je ne vous aurai pas rencontré si je n'étais pas reparti.

- Les choix de la vie ne sont pas toujours simples à faire. C'était Marie qui lui répondait. Et ces choix ne peuvent être pris que par chacun, personne ne peut les prendre à ta place, même si on peut donner un avis, le choix final t'appartient. Tu as probablement fait le bon. Aller au bout du pèlerinage va te transformer. Tu sembles très mûr pour ton âge, tu as quoi dix-huit ? Dix-neuf ? Arnaud fit un signe affirmatif de la tête. Peu de jeunes ont ta maturité. Quand tu reviendras, tu seras transfiguré, tu auras atteint une forme de sagesse.

Arnaud resta silencieux, savourant ce moment de partage avec ce couple d'anciens pèlerins. Il reprit :

- Vous m'avez dit que vous habitiez dans l'Aisne. Que faites-vous ici ?

- Après le pèlerinage, répondit Jo, nous avons vendu là-haut et nous sommes venus nous installer ici. Nous avions besoin de garder le contact avec le *Camino*. Nous sommes à un endroit stratégique comme tu as pu le constater.

- Votre parcours est vraiment génial. Vous recevez ainsi combien de pèlerins par an.

Jo et Marie se regardèrent, Marie répondit :

- Je dirai entre soixante-quinze et cent cinquante, qu'en penses-tu Jo ?

- Oui c'est ça. Certains restent pour manger un morceau. D'autres dorment une nuit. Il y en a même un, une fois, qui est resté quatre ou cinq jours le temps de soigner les ampoules de ses pieds. Il était à son premier jour de marche. Il n'avait jamais marché et était trop chargé. On doit même avoir encore du matériel à lui quelque part.

- Pourquoi ne pas ouvrir un gîte pour accueillir les pèlerins ?

- La magie des rencontres seraient différentes, dit Marie, trop « commerciale » d'une certaine façon. Là, nous n'avons aucune obligation, c'est gratuit. Toi, par exemple, tu ne te serais pas arrêté chez nous. À voir ton sac et ton matériel, tu dois bivouaquer en autonomie.

- Effectivement, vous avez raison. Votre démarche est intéressante et louable.

- Et puis, ça nous fait passer le temps, c'est mieux que la télé, et ça nous permet de voyager à notre manière. Ajouta Jo.

Le repas se poursuivit tranquillement. Ils échangèrent sur les expériences du pèlerinage. Jo sortit son ordinateur afin de montrer une série de photos qu'il utilisait lors de conférences. Les deux petits vieux étaient heureux, simplement. Arnaud, de son côté, appréciait la chaleur de ses deux êtres d'exception dans la fraîcheur de cette maison séculaire. Il récupérait tranquillement des trente kilomètres du matin qu'il avait parcourus de façon automatique sans voir les personnes qu'il avait pu croiser. La rencontre avec Marie et Jo lui permettait de reprendre contact avec son voyage, sans pour autant lui faire oublier la présence – ou plutôt l'absence – d'Anne. Au contraire, elle occupait toutes ses pensées. Il sentait que quelque chose de fort était né entre eux. Il lui enverrait un SMS ce soir, ça devenait un besoin pour lui.

Après ces quelques heures de repos, il fallait qu'Arnaud reprenne la route. Il pouvait encore marcher deux ou trois heures avant de monter le camp. Jo lui indiqua qu'il devrait pouvoir rallier Saugues, à une quinzaine de kilomètres. S'il y arrivait, Anne avait raison, il aurait atteint les quarante-cinq kilomètres. Il s'aperçut que seul, il se déplaçait beaucoup plus vite. Il échangea ses coordonnées avec le couple. Il souhaitait prendre le relais de son père.

Jo prit la photo pour l'album, le bâton bien en évidence dans la main d'Arnaud. Ce dernier prit Marie dans ses bras, avec chaleur.

- Que Dieu te garde et fais attention à toi.

- Vous aussi, et surtout continuer à maintenir cette mémoire du pèlerinage.

Il serra ensuite la main de Jo.

- Vous risquez de voir passer dans quelques jours, un ami, François. Il sera accompagné d'une jeune femme. Lui, vous le reconnaîtrez à son sac... il date des années soixante-dix, dit-il avec un sourire moqueur. Nous avons fait Vézelay – Le puy-en-Velay ensemble. Il va vous plaire. Vous devriez voir aussi passer un petit bonhomme sur un âne avec ses parents qui suivent à pied.

- Tu veux parler de Mathis ? L'interrompit Jo.

- Oui, comment le connaissez-vous ?

- La bulle ! Dit-il sentencieusement. Les membres de leur association sont venus me voir, ils vont dormir ici.

- Vous aurez une belle photo à faire.

Il s'éloigna doucement attaquant la côte. Il se retourna pour faire signe au couple resté devant chez eux pour le regarder s'éloigner dans la chaleur de l'après-midi.

Il arriva à Sauges vers dix-neuf heures. Il entrait dans le territoire de la bête du Gévaudan. Il lui fallait trouver un endroit où poser la tente. Il s'adressa à la première personne qu'il croisa, une vieille Cévenole toute ratatinée par les années. Gentiment, elle lui indiqua un terrain à la sortie du village.

- Il doit déjà y avoir une tente, lui précisa-t-elle. Si vous avez besoin d'eau, il y a un robinet à la maison juste à côté.

- Merci beaucoup, Madame. Je vous souhaite une bonne soirée.

- Bonne soirée à vous aussi jeune homme.

Il se dirigea vers le terrain indiqué par la vieille dame, toujours au rythme de son bâton sur le sol. Une tente était dressée, comme elle le lui avait indiqué.

- Salut, il reste de la place pour planter ma tente ? Dit Arnaud en guise d'introduction.

- Bien sûr, fais comme chez toi. Nous avons toute la pâture pour nous.

- Super. Je m'appelle Arnaud. Il tendit la main.

- Xavier, bienvenue dans l'antre de la bête ! Dit-il d'une voix qui se voulait menaçante en lui serrant la main.

Chapitre IX
Xavier

Hier, nous avons passé la nuit chez un couple d'anciens pèlerins. C'était une superbe soirée. Mes compagnons ont dû soigner leurs ampoules ! Le manque d'habitude et une très forte chaleur ont eu raison de leurs pieds. Notre hôte nous a donné un truc : mettre sous les chaussettes, en guise de sous-chaussettes, des mi-bas fins. Ça évite la friction est par conséquent l'ampoule. Il sait de quoi il parle, il a marché six mois ! Je testerai si j'ai des problèmes.

Tu vois, Arnaud, mon pèlerinage n'a rien à voir avec la religion. Mon pèlerinage est fait pour retrouver ce qu'il y a de bon en chacun de nous. Compostelle permet de trouver une densité de « bonnes âmes » extraordinaire. Ça fait du bien, je commençais à douter du genre humain. Peut-être que la religion aurait été pour moi un secours face aux événements que j'ai vécus dans le sillage de ta mère. Il est trop tard aujourd'hui. Mais je ressens, au contact de tous ces pèlerins, une forme de spiritualité. C'est nouveau pour moi. Il faut que ça fasse son chemin en moi et que moi, je parcours ce chemin vers Compostelle.

Arnaud planta rapidement sa tente qu'il retrouvait avec plaisir après ces deux nuits passées dans le « luxe ». Il revint auprès de Xavier :

- Je te propose de mettre en commun nos repas, qu'en dis-tu Xavier ?

- Ça me va d'autant plus que je n'arrive pas à allumer mon réchaud. Et dire que je ne suis parti que depuis deux jours !

- Un problème avec la bouteille ?

- Normalement la bouteille est pleine, je m'en suis servie deux fois. Ce doit être le brûleur, il s'allume mais la flamme n'est pas belle, elle « crachote » puis s'éteint.

- Pour ce soir, nous pourrons tout de même manger. J'ai un réchaud à bois. Il suffit qu'on trouve des brindilles un peu d'herbes sèches.

- Génial ton truc, pas la peine de traîner la bonbonne.

- Tu veux que je jette un œil à ton réchaud. À deux, on arrivera peut-être à faire quelque chose.

- OK, il est là, devant ma tente. En attendant je vais ramasser un peu de bois. Avec la chaleur qu'il fait il doit être bien sec.

- Très bien, je sors mes réserves et je vais remplir mon bidon au robinet.

Ils allèrent chacun de leur côté. Il était surprenant pour Arnaud de pouvoir entrer si facilement en communication avec un étranger. La magie du chemin, que la ville ne permet pas : tous au même endroit et chacun pour soi. Ici, l'autre est source de présence, de contact, d'humanité.

Xavier revint avec une brassée de bois dont des branches de belles dimensions. Arnaud éclata de rire :

- On va avoir un problème, j'ai oublié ma tronçonneuse. Je n'ai que ça, et il sortit son couteau. Pas besoin de gros morceaux, mon réchaud est tout petit. Dit-il plus sérieusement. Il le déplia.

Xavier aussi éclata de rire devant ses grosses bûches. Et Arnaud commença à déposer des herbes sèches, des brindilles qu'il enflamma avec son « briquet ». Une tige de ferrocenium (sorte de grosse pierre à briquet) sur laquelle il frotta la lame de son couteau. Une gerbe d'étincelles enflamma instantanément les herbes sèches et les brindilles commencèrent à s'enflammer. Il alimenta son foyer avec des copeaux de bois qu'il levait avec la lame robuste de son couteau. Une douce chaleur se diffusait à partir de ce petit réchaud.

- Il faut cinq ou six minutes pour chauffer de l'eau, ajouta Arnaud en posant une petite casserole. Pendant que ça chauffe, je vais regarder ton réchaud. J'ai des pâtes et des sardines, ça te va ?

- Parfait, je propose des fruits, pêches et bananes en dessert. J'ai aussi une plaque de chocolat, mais je crois qu'il faudra le manger à la cuillère ! Dit-il, dépité.

- Le chocolat n'est pas idéal avec cette chaleur. Mais avec une banane cuite dans les braises, ça devrait être divin. Xavier retrouva le sourire à la perspective de ce festin.

Il prit le réchaud, inspecta comment il se montait sur la bouteille, essaya de l'allumer avec le briquet (normal celui-là) que lui tendait Xavier. La flamme après quelques hésitations et crachouillis s'éteignit.

- Je pense que ton réchaud est complètement desserré. Regarde comme il bouge. Il y a par conséquent beaucoup trop d'air pour la combustion. Attends, il sortit son outil multifonction. Voilà, ça devrait aller mieux, dit-il après avoir resserré deux écrous. On va refaire un essai.

La flamme cette fois brûlait sans bruit d'un beau bleu.

- Comme neuf, dit Arnaud en lui rendant le briquet et le réchaud.

- Merci beaucoup. Je ne sais pas comment j'aurai fait pour les jours à venir.

- Pas de quoi.

Ils finirent de préparer le repas et s'installèrent tranquillement dans la douceur de la soirée pour le déguster. Xavier était prof d'histoire dans un collège. Il n'était pas habitué à vivre à l'extérieur et à se dépenser physiquement. Pour lui, tout comme pour Arnaud d'ailleurs, l'état de pèlerin et de marcheur était une nouveauté.

Il voulait mettre à profit son voyage afin d'écrire un essai sur le pèlerinage de Compostelle dans sa version contemporaine : Qui ? Comment ? Pourquoi ? étaient les principales questions qu'il voulait se poser.

En discutant avec Arnaud, ce dernier comprit, que le pèlerinage était aussi un moyen pour lui de se poser d'autres questions.

- Tu sais, nous avons, nous les profs, une image délicate auprès du public. Nous faisons, je pense, le plus beau métier du monde. Par contre, nous sommes critiqués, jugés en permanence par les parents. Cette ambiguïté est difficile à vivre. Dès que nous disons quelque chose à un élève, les parents nous tombent dessus. Par contre, ils sont les premiers à venir pleurer dans notre giron parce qu'ils ne s'en sortent pas avec leurs enfants. C'est vraiment paradoxal, tu ne trouves pas ?

- Oui. Tu sais personnellement, je ne me suis jamais beaucoup posé de questions en ces termes. Ma mère n'avait pas de contact avec mes profs. Et moi, je me débrouillais seul. Je n'ai jamais eu l'occasion de rencontrer un prof qui me faisait vraiment vibrer en cours. Pour ma part, je viens juste de passer le bac ! Tu exerces depuis combien de temps ?

- Sept ans. Et je me sens usé, vidé, ajouta-t-il tristement après une pause. Je pense que nous sommes à la conjonction de nombreux problèmes : premièrement, la perte d'autorité au sein de la cellule familiale ; deuxièmement (et c'est un corollaire du premièrement) : la perte du respect envers l'autorité que représente le corps professoral ; troisièmement : les atermoiements de la succession des ministères qui sapent la compréhension des parents et des élèves par rapport à notre mission ; quatrièmement : la compétition exacerbée que notre société à instaurer à tous les niveaux y compris entre les élèves, pourquoi devoir absolument être meilleur que son voisin ? Obligatoirement ça finit par créer une frustration et donc le conflit. Il marqua une pause : l'école n'est pas faite pour faire des élites et pourtant, la société recherche en permanence à en créer. Comment peut-on admettre de classer les élèves dans les classes ? Imagine que des collègues font des moyennes au centième ! Ça devient ridicule. Notre mission n'est pas de classer, notre mission est de transmettre un savoir, le même pour tous les élèves. J'ai discuté avec d'anciens profs qui exerçaient déjà entre quatre-vingt-cinq et quatre-vingt-dix. La problématique de fond était la même à l'époque. Une seule chose a changé, et même empiré : la Société ! Aujourd'hui, toujours dans cet esprit de compétition et dans celui de la consommation, les mômes doivent dépasser les autres dans le paraître : fringues de marques, joujoux technologiques (portable en tête) font partie de l'uniforme ! Sur ce chemin, je retrouve enfin des considérations de base : marcher, manger, boire, et même chier, si tu me permets. Se poser la question « où dormir ? » quand arrive la fin de la journée. Aller vers l'autre, vers l'inconnu, juste pour lui demander comment il va. Ça me fait du bien... et je n'ai que deux jours de marche effective et deux jours au Puy-en-Velay. Tu imagines mon état quand je serai à Compostelle ?

Après cette longue tirade, il garda le silence. Arnaud le soupçonnait d'être en train de gravir les marches de la cathédrale de Santiago. Il sourit à cette pensée. Il prit la parole :

- C'est intéressant de discuter avec les pèlerins de leurs motivations, tu n'en trouveras pas deux avec la même. Il marqua une pause, puis : ou peut-être qu'en fait, c'est la même pour tous : le besoin de se retrouver face à eux-mêmes. De faire un point sur leur existence. Vérifier qu'ils existent, tout simplement.

- Tu dois avoir raison. Tu as dû te faire une opinion plus précise que moi, depuis le temps que tu marches.

- Nous pourrons en reparler lorsque nous aurons bouclé nos périples respectifs.

- Ce sera avec plaisir.

- D'autant que c'est directement le sujet de ton étude, ajouta Arnaud.

- Tu as raison, et si tu permets, tu seras le premier sur ma liste à être interviewé.

- Ce sera un grand honneur pour moi, dit Arnaud sur un ton révérencieux.

Xavier avait préparé son étude. Il avait bâti un questionnaire très détaillé qui reprenait tous les aspects du voyage. Pendant plus d'une demie-heure il questionna Arnaud, cochant, notant, commentant les réponses que lui donnait le jeune homme. À la fin, Arnaud dut se livrer un peu plus en expliquant avec ses propres mots son voyage en essayant de traiter les trois questions fondamentales pour Xavier : Qui ? Comment ? Pourquoi ? Il répondit à tout sans se cacher, un peu comme il s'était livré devant les enfants deux jours auparavant. L'évocation des enfants le ramena vers Anne. Quand il eut fini sa rédaction, il tendit « sa copie » à Xavier en disant :

- Je te demande une petite seconde, je dois envoyer un message.

- Je t'en prie.

Arnaud prit son téléphone, et commença à écrire :

```
    Anne, j'ai suivi tes conseils, j'ai
abattu    quarante-cinq    kilomètres
aujourd'hui !  Ce    matin,   j'en  ai
parcouru  trente  dans  un  état  second
après  t'avoir  quittée.  Tu  me  manques
terriblement.  J'espère  que  Rémi  va
bien,   embrasse-le   pour   moi.   Je
t'embrasse.
```

Il chercha son numéro dans le répertoire et appuya sur la touche « envoi ». Il ne fallut pas longtemps pour qu'une réponse arrive.

```
    Rémi, va très bien. Comme toi, j'ai
passé  la  journée  à  me  traîner  sans
réussir  à  fixer  mon  esprit  sur  quelque
chose.  Heureusement  que  nous  formons
une  bonne  équipe ;  Roland,  François  et
les  autres  ont  assuré.  Toi  aussi,  tu
me  manques.  Dépêche-toi !  Baisers.
```

Arnaud constata, qu'Anne n'utilisait pas de langage SMS indéchiffrable. Qu'elle écrivait des phrases entières. Il n'était pas accro aux messages, mais quand il les utilisait, il s'efforçait d'écrire en bon français, c'était tellement plus agréable pour son interlocuteur.

Il rêvassa quelques instants à la teneur du message qu'elle lui avait renvoyé et son cœur se serra. Devait-il continuer ou courir la rejoindre ? Il fallait qu'il soit raisonnable. S'il n'avait pas repris la route, la rencontre de ce midi n'aurait pu se faire. Il espérait que les hasards du chemin lui en réserveraient d'autres. Il resta encore quelques instants plongés dans ses pensées et reprit conscience de la présence de Xavier. Il releva la tête vers ce dernier.

- Ce regard, cette absence, je ne dois pas me tromper en disant qu'il s'agit d'une fille, dit Xavier avec un petit sourire entendu.

- Tu as raison. Une rencontre faite sur le chemin. Au Puy-en-Velay précisément. J'ai dû la quitter ce matin. J'ai fait un effort extraordinaire pour repartir. Tu ne peux pas imaginer le poids de mes chaussures sur les premiers mètres : des semelles de plomb ! Et puis j'ai marché comme un automate. J'ai parcouru au moins quarante-cinq kilomètres aujourd'hui.

- D'une traite ? Chapeau. J'ai mis deux jours pour la même distance.

- Anne, la personne que j'ai rencontrée, m'avait prévenu qu'à partir d'un certain niveau d'entraînement (j'ai trois semaines de marche derrière moi) on atteint sans problème ces distances quotidiennes. J'avais des doutes, ils se sont envolés. J'ai fait une longue pause ce midi chez un couple d'anciens pèlerins. C'était vraiment sympa. Tu aurais aimé et tu aurais pu les questionner en long en large et en travers sur les motivations des pèlerins. Ils en reçoivent plus d'une centaine chaque année chez eux.

- Dommage, je les ai ratés. Ils sont loin d'ici ?

- Le village précédent, Monistrol-d'Allier, sur le GR®. Ça doit faire quinze kilomètres à peu près.

- Tu as leurs coordonnées ? Je ne suis pas à une journée près, je pourrai faire demi-tour et discuter avec eux. Qu'en penses-tu ?

- Je pense qu'ils seront tout simplement heureux de te rendre service. Ils sont vraiment dans le partage. Imagine, ils accueillent gratuitement les pèlerins. Il ne demande qu'une photo avant de partir et pour ceux qui le souhaitent un petit mot dans leur livre d'or. Attends, je vais te donner leur numéro. Il est un peu tard pour les appeler ce soir – Arnaud venait de se rendre compte que la nuit était tombée – il sortit sa frontale et reprit son téléphone qu'il avait rangé. Il donna le téléphone de Jo à Xavier. Appelle-les avant de partir. Ce serait dommage qu'ils s'absentent justement ce jour-là.

- Je te remercie, je les appelle demain. Bon, il me semble qu'il est l'heure d'aller faire dormir les yeux. Tu décolles à quelle heure demain.

- Le temps de plier la tente -- elle sera encore mouillée, je la ferai sécher à la mi-journée – cinq heures et demie, six heures maxi, je serai parti. Et toi ?

- Je vais te dire au revoir tout de suite. Je ne suis pas un lève-tôt. Et comme je dois appeler tes amis, j'attendrai huit ou neuf heures pour partir.

- J'essaierai de ne pas faire de bruit en partant. Bonne nuit Xavier, content d'avoir fait ta connaissance.

- Moi de même, bonne nuit à toi aussi.

Arnaud regroupa son matériel afin de ne pas le laisser exposer à l'humidité de la nuit et le rangea dans l'abside de sa petite tente. Il se déshabilla et se glissa dans son sac. Il prit son téléphone et relut le message d'Anne. Il pensa : « tu peux être sûre que je vais me dépêcher ». Il sourit tristement et pour se changer les idées sortit sa liseuse d'e-books. Il commença la lecture de *Martin Eden* de Jack London. Il s'arrêta après un quart d'heure. L'histoire de Martin Eden cherchant à conquérir le cœur de Ruth, une jeune fille d'une condition sociale extrêmement éloignée de la sienne, n'était pas le genre d'histoire qui lui convenait étant donné ce qu'il ressentait. Il aurait dû choisir *Croc*

Blanc ou *L'appel de la forêt*. Il ferma son livre (du moins il l'éteignit) et se mit en position pour dormir. Il était temps s'il voulait, demain, réussir une grande étape.

Laissant vagabonder son esprit vers Anne, il glissa lentement dans le sommeil.

Chapitre X
Alain

Finalement, j'ai partagé la tente d'André. Je retrouve avec plaisir l'ambiance bivouac. Finalement, moi aussi, j'aurai dû partir avec une tente. Peut-être une prochaine fois si tu viens avec moi. On pourrait également choisir un autre itinéraire.

Hier soir, nous avons bivouaqué tous ensemble. Trois tentes dans la pâture, c'était sympa. Nos profs sont intéressants, un peu râleurs, d'âges différents, issus de milieux différents. Je peux te dire que les conversations sont plutôt animées. André, avec le problème qui lui est tombé dessus, a bien des choses à dire. Il nous reste encore une semaine à pérégriner ensemble. Des liens sont en train de se tisser.

Depuis plusieurs jours maintenant, Arnaud marchait comme qui dirait à *marche forcée*. Il parcourait une quarantaine de kilomètres tous les jours. Il souhaitait mettre un maximum de distance entre Anne et lui afin de s'empêcher de faire demi-tour. Il savait que c'était ridicule, que la distance ne changerait rien. Ses sentiments pour la jeune fille continuaient à se développer.

Il pensa à l'aventure de Sylvain Tesson, relatée dans le livre

« *L'axe du loup* ». Ce dernier, pendant huit mois, a essayé de suivre le parcours emprunté par Slavomir Rawicz, évadé du goulag. Un voyage à pied qui l'a conduit de Sibérie en Inde, d'Irkousk à Calcutta, huit mois d'itinérance. Le livre de Rawicz, rédigé de nombreuses années après son évasion, était intitulé : « *À marche forcée* ». Arnaud, perdu dans ses réflexions se disait que, d'une certaine façon, lui aussi s'était échappé d'une prison. La prison de mensonges dans laquelle sa mère l'avait enfermé. Il se dit que si lui avait réussi à s'échapper, sa mère s'était elle-même enfermée dans une autre prison.

Il évoluait sur les plateaux de la Lozère à une altitude souvent au-dessus de mille mètres. Il ne faisait pas attention à ce qui l'entourait, il n'aurait pu décrire les paysages qu'il traversait. Même la météo était à l'image de son esprit : maussade. Il pleuvait de temps en temps depuis deux jours. De petites pluies qui rafraîchissaient l'atmosphère surchauffée par les fortes chaleurs qui avaient précédé.

Il marchait, la tête baissée, regardant le chemin et le bout de son bâton.

- Bonjour !

Il s'arrêta net. Il n'avait vu personne, perdu dans ses pensées. Il tourna la tête à droite dans la direction de la voix. Une haie. Il la suivit du regard et découvrit une tête qui dépassait au-dessus.

- Bonjour, dit-il, je ne vous avais pas vue. Je me demandais même si je n'entendais pas des voix !

La jeune femme de l'autre côté de la haie rit à ce qu'il venait de dire.

- Sur le *Camino* ce ne serait pas si surprenant que ça ! Avancer un peu sur le chemin et vous verrez l'entrée d'une pâture, venez nous rejoindre nous allions prendre notre petit déjeuner, on vous invite.

- Ce n'est pas de refus, je suis parti tôt et je me rends compte que j'ai faim.

Arnaud continua sur une cinquantaine de mètres et pénétra dans la pâture. Il s'approcha d'un bivouac : une tente, un couple, un chien. Le couple devait avoir dans les cinquante ans. L'homme, malgré le ciel menaçant portait des lunettes de soleil. Le chien était un superbe dalmatien.

- Bonjour tout le monde. Le chien, la queue battant à un rythme effréné, vint à Arnaud. Bonjour le chien, ce dernier lui fit la fête.

- Bonjour pèlerin, je suis Alain, je te présente, Françoise, mon épouse, et l'arlequin qui te fait la fête, c'est Pongo.

- Bonjour Pongo, il ne pouvait plus s'en défaire, alors, mon grand, tu es sorti de ton dessin animé, hein ? Merci à tous les deux pour l'invitation. Il posa son sac, sortit un petit carré de bâche qu'il posa sur l'herbe mouillée de pluie et prit place dessus, il sortit aussi un paquet de « petit beurre » qu'il tendit à Françoise.

- Il n'y a pas de quoi, répondit Françoise en prenant le paquet de biscuits, merci pour les biscuits. Elle précisa : c'est le son de ton bâton sur la pierre qui a attiré l'attention d'Alain. Il m'a dit « ça, c'est un pèlerin ! » et j'ai attendu que tu passes pour te faire signe. Dis donc, tu me sembles bien organisé, le bâton, ton carré de bâche, j'ai vu aussi le couteau à ta ceinture.

- J'essaie, dit-il modestement. Je vois que c'est aussi votre cas, dit-il en jetant un regard circulaire au campement.

- Nous avons tout intérêt à être organisés, surtout pour moi, et pour pouvoir alléger la charge de Françoise, dit Alain.

Arnaud ne comprenait pas ce qu'il voulait dire. Alain, ayant ressenti son incompréhension, reprit la parole :

- Je suis aveugle.

Arnaud était abasourdi par ce qu'il venait d'entendre. Il dit :

- Et vous êtes en route pour Compostelle ?

- Oui. Tu as l'air surpris, dit Alain.

- Effectivement, je n'ai pas imaginé, en vous voyant, votre cécité, même si les lunettes m'ont un peu surpris, je dois dire. Je trouve ça extraordinaire de faire ce que vous faites.

- Pas plus que ce que tu fais ! Répondit Alain avec un sourire.

- Comment êtes-vous organisés ?

- C'est simple, répondit Françoise, Pongo est chien guide d'aveugle.

- C'est rare de voir un dalmatien dans ce rôle, Arnaud allait de surprise en surprise, généralement ce sont des labradors ou des bergers allemands il me semble.

- Tu as raison, dit Alain. Mais n'importe quel chien peut devenir chien guide avec la bonne éducation... ou presque, il vaut mieux éviter le yorkshire ou le chihuahua ! ajouta-t-il en rigolant. En fait, c'est la taille qui importe, pour pouvoir le tenir confortablement et pour qu'il puisse s'imposer dans une foule. Mon choix pour le dalmatien est que c'est un petit chien parmi les grands chiens, en plus il est esthétique, il a un grand potentiel sympathie. Et puis, j'ai craqué sur Pongo, dit-il tendrement.

- En fait, la majorité du temps, Pongo guide Alain, précisa Françoise. Dans les passages plus techniques, Alain s'accroche à mon sac et tiens Pongo de l'autre main. Nous avançons plus lentement que d'autres marcheurs, nous devons prendre plus de précautions. Une dizaine de kilomètres par jour, quelque fois quinze sur le plat.

- Pour le bivouac et l'intendance, je m'en remets à Françoise, je l'aide du mieux que je peux. Nous avons marqué tout notre matériel, ce qui me permet d'appréhender mon environnement plus facilement et ainsi d'aider à l'installation du camp. Nous essayons tous les deux ou trois jours à peu près de dormir en gîte, ça permet de la soulager.

- Tu sais, ajouta Françoise, le gîte n'est pas beaucoup plus simple pour moi. Les chambres des gîtes ne sont pas toujours très spacieuses et souvent décorées avec du mobilier qui ne sert à rien et qui encombre les passages ; et, avec les salles de bains très peu adaptées, c'est quelque fois plus compliqué pour Alain que d'être en bivouac. En plus, il y a encore des gens qui tordent leur nez quand ils aperçoivent le chien. Elle jeta un regard attendri vers Pongo qui, après la fête à Arnaud, s'était couché au pied de son maître, ce dernier le caressant machinalement derrière les oreilles.

- Même pour un chien d'aveugle ? Je suis surpris.

- Bien entendu, ils ne peuvent pas refuser, heureusement nous avons la loi pour nous, continua Alain, mais tout de même les questions du genre « il ne va pas faire de saletés ? » sont tout de même posées et particulièrement déplaisantes.

- Quel est votre programme du jour, demanda Arnaud.

- Nous allons lever le camp tranquillement, dit Françoise qui ajouta voyant le quart d'Arnaud vide, veux-tu encore du café ?

- Oui, volontiers, elle le resservit et lui tendit des biscuits. Elle enchaîna :

- Nous visons une petite dizaine de kilomètres. Nous sommes en altitude, nous ralentissons.

- Et si nous marchions ensemble aujourd'hui ? demanda Arnaud, vous êtes en bivouac ou en gîte ce soir ?

- En gîte, nous avons réservé. Ce serait super d'avoir de la compagnie, qu'en penses-tu Alain ?

- Oui, ça va nous changer d'avoir de la compagnie.

- À moi aussi ça fera du bien. Depuis plusieurs jours, je dois dire que je marche un peu comme un forcené, sans beaucoup de contacts. J'abats entre quarante et cinquante kilomètres tous les jours. Ça va me permettre de reprendre un cours un peu plus normal pour mon pèlerinage.

- Pas mal, comme distance, dit Françoise admirative.

- Oui, je ne pensais pas pouvoir en faire autant, avec l'entraînement c'est possible. Mais ces derniers jours, j'ai surtout regardé la poussière du chemin, ou plus exactement la boue. Je suis sûr que sur de petites distances vous avez vu dix fois plus de choses que moi.

- Même moi j'ai dû voir beaucoup plus de choses, dit Alain avec un sourire. À ta démarche, quand je t'ai entendu approcher je t'ai « vu » – ou si tu veux, senti – tendu. Tu as des problèmes ? Si je ne suis pas indiscret bien sûr.

- Oui et non. J'ai rencontré quelqu'un il y a quelques jours. Je devais faire un choix, abandonner le pèlerinage ou le terminer. Mais le choix que j'ai fait est encore douloureux je dois dire. C'est pour ça que ces derniers jours, j'ai essayé de mettre de la distance derrière moi... pour m'éviter de succomber à la tentation de faire demi-tour ! Il marqua une pause : cheminer avec vous, va m'aider à sortir de ma léthargie.

- Tu peux rester le temps que tu veux. Pour nous aussi ce sera agréable, dit Alain. Bon, il serait peut-être temps de lever le camp, dit-il en se levant.

Françoise avait déjà commencé à laver les quelques ustensiles du petit déjeuner.

- Comment puis-je vous aider ? demanda Arnaud.

- Si tu peux t'occuper du chien, dit Françoise. À chaque fois qu'on démonte la tente, il veut absolument jouer, je crains toujours qu'il déchire la toile.

- Ça devrait être dans mes cordes, hein, mon chien ? Pongo était déjà prêt à jouer.

Alain était entré dans la tente et s'occupait de ranger les sacs de couchage et les matelas. Tout était rangé de façon très méthodique. Tous ses gestes étaient précis. On sentait une grande habitude dans l'exécution de ces tâches. Françoise, pour sa part, rangeait le petit matériel dans les sacs à dos. Il ne restait plus qu'à démonter la tente. Celle-ci était toujours mouillée de l'humidité de la nuit. Arnaud avait eu la même problématique en partant ce matin. Ils devraient à la mi-journée, si la météo le permettait, faire sécher leur matériel.

Arnaud, tout en jouant avec le chien, observait le couple. Ils travaillaient ensemble, sans se parler, parfaitement synchronisés, chacun d'un côté de la tente. La toile du double toit fut allongée au sol, la tente intérieure suivit et Françoise se chargea de rouler le tout.

En un quart d'heure, le couple était prêt à partir. Alain appela Pongo. Arnaud nota la métamorphose du chien : il passa instantanément du statut de « chien-fou », au statut de chien responsable et aux ordres de son maître. La complicité était évidente. Arnaud soupçonnait que le chien, en plein travail, ne devait pas se laisser distraire facilement. C'était extraordinaire. Alain passa le harnais et accrocha la laisse à son collier. Le chien, libre, était cependant aux ordres, il attendait que son maître passe son sac. À aucun moment, Alain ne sollicita la moindre aide.

- En route, dit Alain. Pongo se plaqua sur sa jambe gauche, Alain se saisit de l'arceau du harnais, se baissa et chercha l'encolure du chien afin de trouver le collier, il prit alors la laisse. Françoise de son côté balaya du regard le terrain occupé afin de vérifier que rien ne restait, matériel ou détritus.

- C'est bon, on peut y aller, dit-elle.

Le petit groupe démarra. Pongo guidait doucement son maître dans les herbes relativement hautes. Arrivé sur le chemin, il prit une allure différente. Alain utilisait un bâton de marche qui lui permettait de s'équilibrer eu égard au poids du sac à dos. Il marchait en tête.

- Ton chien connaît le chemin ? demanda Arnaud.

- Il suit le chemin le plus logique et il a commencé à comprendre le balisage. Françoise l'a constaté deux ou trois fois déjà lorsque nous arrivons dans des carrefours.

- C'est vraiment extraordinaire.

Ils cheminèrent plus d'une demie-heure en silence. Arnaud se laissa aller à une certaine introspection. Il pensa à sa mère, qui ne faisait que se plaindre, qui se déclarait très malade, qui se bourrait de médicaments en tous genres, mais qui finalement se complaisait dans cet état. Peut-être trouvait-elle une certaine forme de bonheur à se faire plaindre par son entourage. Elle accédait ainsi à une sorte de statut social. Alain, quant à lui, avait fait un choix complètement opposé. Sa mère avait tout fait pour se retrouver seule. Alain partageait pleinement avec sa compagne tous les instants de la vie vécus avec beaucoup de force. Sa mère avait décrété que le moindre effort lui était impossible. Alain se lançait un défi que peu étaient prêts à relever et surtout les gens bien portants et en possession de tous leurs sens. Arnaud, au regard de ses réflexions, comprit qu'il s'éloignait encore un peu plus de sa mère. Il eut ce sentiment sans pour autant en souffrir. Le chemin vers Saint-Jacques lui permettait d'atteindre une forme de sérénité, il constatait et acceptait.

- Tu es bien silencieux ? dit Alain à Arnaud.

- Oui, j'étais un peu perdu dans mes pensées. La marche invite à l'introspection. À ce sujet, mon père, dans une de ses lettres, m'avait recommandé la lecture d'un livre publié à la fin des années soixante. Ce livre, « *Celui qui va devant* », a été écrit par un guide de haute montagne, Max Liotier. L'auteur a su retranscrire l'état du marcheur et son introspection. Tout au long du livre, qui se déroule sur une journée, Max Liotier est avec un client en train de faire l'ascension de la Meije dans les Alpes. Ils parlent peu et Max réfléchit à sa condition de guide tout en marchant. Régulièrement, les réflexions sont entrecoupées par la description d'un passage technique ou la conversation avec son client. C'est vraiment un livre magnifique, assez rare aujourd'hui.

- Tu m'intéresses, dit Alain. Françoise, il va falloir qu'on le trouve, dit-il en se tournant vers sa femme.

- Le mieux est de le chercher sur les sites de vente de livres d'occasion. Le mien, je l'ai trouvé chez *Emmaüs*. Mon père m'avait dit qu'il avait failli rencontrer Max Liotier. Ce dernier habitait à l'époque dans les Hautes-Alpes. Il avait rencontré à Chamonix un autre guide, qui est d'ailleurs nommé dans le livre de Max Liotier, Ravannel, ce dernier lui avait transmis son adresse. Ça ne s'est pas fait faute de temps. Il marqua une pause. Je n'ai jamais retrouvé dans aucun autre livre traitant de la marche une telle description de cette introspection propre à la marche.

- Tu as raison, dit Françoise, dans tous les livres que j'ai pu lire, l'auteur généralement parle de ses réflexions mais jamais je n'ai vu traiter l'introspection propre à la marche telle que tu nous la décris. Je suis d'accord avec Alain, il va falloir qu'on le trouve.

- Je pense que vous n'allez pas le regretter. De plus vous allez vivre la vie du guide, de mémoire le livre démarre vers deux heures, deux heures trente du matin, il veut partir pendant la nuit afin d'éviter le dégel, il finit la course avec son client à dix-sept heures pour remonter à un autre refuge et rejoindre le client suivant, il n'y arrive qu'à vingt et une heures ! Tout à l'heure vous me disiez que j'avais bien marché ces derniers jours, en fait je me sens tout petit face à ces hommes de la montagne. Vous imaginez dix-huit, dix-neuf heures de marche quasi non-stop, qui plus est en haute montagne. On rentre dans une autre catégorie, quelque chose comme celle des surhommes !

- On sent, dit Alain, que tu as particulièrement apprécié ce livre, je te sens vibrer.

- Tu as raison, d'autant que ce livre n'est pas très connu, hormis peut-être des passionnés. D'autant plus que le titre ne m'avait rien évoqué, hormis la photo d'une cordée de deux alpinistes. Seule la curiosité me l'a fait acheter. Trouvez-le, lisez-le et on pourra en reparler.

- Nous allons le faire, n'est-ce-pas Françoise ?

- Oui, je suis impatiente de l'avoir en main.

Ils continuèrent leur cheminement, tantôt silencieux, tantôt parlant de leurs expériences. Plusieurs fois, Alain s'était accroché au sac de Françoise afin de négocier des passages plus difficiles, Arnaud fermant la marche. Le trio, composé du couple et du chien, était vraiment bien rôdé.

La fin de l'étape approchait. Saint Côme d'Olt était en vue. C'était dans ce village que le couple allait séjourner en chambre d'hôte, chez Solange et Henri. Ils avaient deux chambres à disposition. Arnaud, en arrivant, verrait si la deuxième chambre était disponible. Si elle ne l'était pas, il se rabattrait sur le camping que le topo-guide mentionnait. Dans tous les cas, il souhaitait passer la soirée avec ses nouveaux amis. Demain, cependant, il repartirait seul, en ralentissant cependant. Des journées à vingt-cinq ou trente kilomètres seraient suffisantes. Il avait fait le point des kilomètres parcourus : sur les trois jours de voyage depuis Le Puy-en-Velay, il avait ajouté à son compteur cent trente deux kilomètres et demi, soit près de quarante cinq kilomètres quotidiens ! Pour le moment, cette petite journée à seize kilomètres était suffisante. Une pause avec le couple rencontré serait une grande richesse.

Françoise, après s'être renseignée auprès d'un villageois, réorienta Pongo pour gagner la route de Boraldette. Ils arrivèrent rapidement à la maison de Solange et Henri. Une vieille demeure en pierres, typique de la région. Dès leur arrivée, Françoise demanda si la deuxième chambre était libre. Malheureusement, celle-ci était déjà louée. Arnaud passera donc la nuit au camping. Il laissa le couple s'installer et se dirigea vers celui-ci. Il était situé en bordure du Lot et portait le nom évocateur de « *Bellerive* ».

Le chemin pour aller au camping permit à Arnaud de faire une petite visite du village. Celui-ci avait été classé parmi les plus beaux de France. Il remarqua tout particulièrement le clocher de l'église, torsadé en forme de flamme. Arnaud s'arrêta devant l'édifice, appuyé sur son bâton. Après un regard circulaire, il s'imagina plongé dans l'effervescence d'un jour de marché au Moyen-âge.

- Bonjour.

Arnaud se retourna, un homme sortait de l'église.

- Bonjour, je souhaite faire tamponner mon *Credential*, pouvez-vous m'aider ?

- Je pense que oui, l'interlocuteur eut un large sourire, je suis le curé de la paroisse. Suivez-moi au presbytère je vais le tamponner. Comment se passe votre voyage ?

- Bien je vous remercie. J'ai ralenti un peu aujourd'hui, j'ai fait Le Puy-en-Velay – Saint-Côme en trois jours !

Arnaud tendit son « passeport ». Le curé en prit connaissance :

- Pas mal comme distance en trois jours. Je vois que vous avez de l'entraînement depuis Vézelay.

- Effectivement, et les rencontres jusqu'à présent ont été extraordinaires.

- Les rencontres, pour les vrais pèlerins, sont toujours extraordinaires.

- Vous savez je ne marche pas pour la foi, dit Arnaud en forme d'excuse.

- Pas besoin d'être religieux pour être un vrai pèlerin. Je pense que vous en êtes un. Depuis le temps que je vois passer les marcheurs, j'ai pu faire ma petite analyse. Il y a deux types principaux de personnes sur le chemin : le premier, je pense que vous en faites partie, ceux qui font le voyage en une fois ; le second, ceux qui font une quinzaine de jours de temps en temps. Les marcheurs du premier groupe sont les pèlerins, les marcheurs du second groupe sont juste des marcheurs. En quinze jours, il n'est pas possible de rentrer dans l'état d'esprit nécessaire au pèlerinage. Le marcheur reste trop préoccupé par des considérations matérielles : dormir, manger... Généralement, ils sont même plus chargés que les pèlerins du premier groupe. Le vrai pèlerin atteint un détachement de ces considérations purement matérielles et arrive à entrer dans une forme de spiritualité. Qu'en pensez-vous ?

- Je pense que vous avez raison. Effectivement, je suis parti pour Compostelle en une étape. Pour le second groupe que vous mentionnez, il n'y a pas de quête, juste passer des vacances sportives, souvent en groupe. Pour le premier type, j'ai rencontré des personnes seules ou en couple, jamais de groupe, ou alors un groupe formé au hasard des rencontres, qui reste éphémère. Aujourd'hui, je ressens une forme de quiétude, de sérénité. Ce doit être ce que vous appelez la spiritualité, je pense.

- Probablement. La spiritualité s'exprime de façon très

différente pour chacun d'entre nous. J'ai connu des pèlerins athées, qui sont passés par une phase spirituelle et ont découvert la foi avant d'arriver à Compostelle. Mais vous avez raison, le vrai pèlerin a une quête à mener. Au Moyen-âge, c'était purement religieux, aujourd'hui la quête peut prendre de multiples visages.

- De ce que j'ai pu observer jusqu'à présent, la quête principale reste la recherche de soi.

- Je pense que, malgré votre jeune âge et vos, disons... il vérifia le *Credential*... quatre semaines de marche, vous avez compris l'essence même du pèlerinage. Oui, les pèlerins, ceux de la première catégorie, sont en quête d'eux-mêmes en premier, des autres en second, de Dieu en troisième. J'espère qu'un homme d'Église mettant Dieu en troisième position ne vous choque pas ?

- Absolument pas, d'autant que je partage votre point de vue. Je n'ai pas encore rencontré un pèlerin annonçant qu'il était à la recherche de Dieu. C'est à l'intérieur de soi-même et des autres qu'on doit pouvoir le trouver. Tous les pèlerins rencontrés sont en rupture avec quelque chose : la société, le boulot, le couple, la maladie... Cette rupture génère cette recherche de soi. Je pense, et ne le prenez pas pour un blasphème, la destination importe peu dans cette quête. C'est l'introspection de la marche qui permet ce recul sur soi.

Le curé sourit :

- Ne vous inquiétez pas, vous ne blasphémez pas et vous avez entièrement raison. L'avantage de Compostelle se trouve dans la densité des rencontres possibles. L'important dans la quête de soi est l'objectif qu'on se donne. J'ai un ami qui avait décidé de relier le Cap Nord en Norvège à Gibraltar, relier les deux points Nord et Sud du continent. Les vertus de ce voyage ont été les mêmes que celles de Compostelle.

- Joli voyage ! J'aurais aimé partir de mon domicile pour entreprendre mon pèlerinage. Cependant, ma quête personnelle concerne mon père qui a fait le pèlerinage et a démarré de Vézelay. J'ai donc fait de même. Je ne veux pas pour autant copier l'intégralité de son pèlerinage, chacun le sien, si je puis dire. Je ne fais pas les mêmes étapes, j'utilise au minimum les infrastructures d'hébergement, mon père utilisait les gîtes, chambres d'hôtes, hôtels. Pour ma part c'est camping sauvage, camping, gîte d'étape, auberge de jeunesse. Il n'est pas possible de copier le mode de voyage d'un autre. De même, il ne me serait pas possible de faire l'intégralité du parcours avec un groupe. J'ai marché avec l'un de vos confrères de Vézelay au Puy-en-Velay, je ne pense pas que j'aurais pu aller jusqu'au bout, même si François est devenu un ami.

- Je comprends parfaitement. Il est rare pour moi de pouvoir discuter avec un pèlerin ainsi. Depuis le Puy-en-Velay la distance parcourue est trop courte pour...

Arnaud termina la phrase :

- ...Entrer dans les habits du voyageur.

- Exactement. Ça m'a été très agréable, jeune homme de discuter avec vous. Je dois malheureusement en rester là, mes ouailles m'attendent.

- Pour moi aussi, ça a été agréable. Je vais me rendre au camping et rejoindre d'autres pèlerins qui sont en chambre d'hôtes.

- Chez Solange et Henri, probablement ?

- Oui, tout à fait.

- Si vous le souhaitez, je peux vous déposer au camping en voiture, c'est ma route.

- Je vous remercie, mais je vais décliner votre proposition. Je vais profiter de la route pour visiter le village. Lorsque vous m'avez interpellé, j'imaginais un jour de marché devant l'église au Moyen-âge.

- Ce devait être quelque chose !

- Comme vous dites. Je vous remercie, dit-il en lui tendant la main.

- Merci à vous pour cette discussion et que Dieu vous garde.

Arnaud s'éloigna en direction du camping. Il chemina tranquillement dans ce village médiéval profitant pleinement de ces instants. Au camping, il put bénéficier du tarif « randonneur ». Il monta sa tente, se ravitailla en éléments de base et il attendrait le moment de rejoindre Françoise et Alain en se reposant. Solange et Henri l'avait invité à leur table.

Il prit son téléphone. Il avait un message de Mathis qui venait d'arriver au Puy-en-Velay. Il le remerciait pour le cadeau. Il sourit à l'évocation du petit bonhomme. Une envie irrépressible d'appeler Anne le tenaillait. Il succomba. Il fit le numéro. Elle décrocha :

- Arnaud ?

- Salut Anne.

- Arnaud ! Je suis si contente de t'entendre.

- Moi aussi, j'avais besoin d'entendre ta voix.

- Où es-tu ?

- Je viens de faire trois jours à quarante-cinq kilomètres, je suis arrivé à Saint-Côme-d'Olt. J'ai peu marché aujourd'hui, j'ai rencontré d'autres pèlerins, on va passer la soirée ensemble. Et vous comment allez-vous ?

- Bien, merci, Rémi me parle de toi tous les jours... ou peut-être est-ce moi qui lui parle de toi, dit-elle dans un petit rire, elle ajouta : tu nous manques.

- Vous me manquez aussi. Tu embrasses Rémi pour moi. Et moi... je t'embrasse.

- Je t'embrasse aussi. François est reparti hier avec Sabine, il forme un beau couple.

- Je suis content pour eux. Je te rappelle dans quelques jours.

- OK, j'attends ton appel.

Il s'allongea dans sa tente en pensant à Anne. Il avait deux heures devant lui avant de rejoindre ses amis. Il s'endormit.

Chapitre XI
Lætitia

Comme convenu, j'ai quitté le petit groupe. André est resté avec eux. Il s'est bien intégré à cette bande de profs. De mon côté je retrouve la quiétude de pouvoir marcher seul. C'est difficile de marcher avec cinq autres personnes. Les rencontres sont plus faciles lorsqu'on est seul ou à deux. Au-delà c'est plus complexe. Je pense que c'est lié au fait que la personne croisée est en « infériorité » (du moins quant au nombre). J'ai eu quelques contacts intéressants aujourd'hui, même s'ils furent brefs, ils furent riches dans l'échange. Si je veux poursuivre mon pèlerinage, il fallait que je quitte ce groupe. Je vais reprendre mon rythme. J'ai réservé une chambre à Saint-Côme. Je vais me reposer un peu. Finalement, ce voyage a de nombreuses facettes, et chaque jour est un voyage en soi. Ce qui me plaît, c'est que la « machine » dorénavant est bien rôdé. Je sens que je vais pouvoir allonger les étapes. Il faut que je travaille là-dessus. Maintenant que je suis à nouveau seul, je ressens le besoin de t'avoir à mes côtés, Arnaud. Un jour, nous le ferons ensemble.

Arnaud était dans une forêt constituée essentiellement de

bouleaux. Il courait. Il faisait froid. Le paysage était entièrement gelé. À chaque expiration, un nuage se formait devant son visage. Il n'avait pas froid cependant. Il tourna la tête à droite, une louve aux yeux gris courait à côté de lui, tout contre son épaule. Il prit conscience qu'il était loup lui-même ! Un bruit dans le lointain lui fit dresser les oreilles. Ce bruit eut l'effet d'une alarme dans son esprit, strident, répétitif, agaçant...

Il ouvrit les yeux. Un sourire sur les lèvres, réminiscence du rêve qu'il venait de faire. Il regarda sa montre, sept heures et demie. Il appuya sur un bouton afin d'arrêter la sonnerie. Il s'étira et passa la main dans ses cheveux. Il avait prévu de partir assez tardivement. Il voulait s'arrêter une journée à Figeac, située à moins de dix kilomètres. Depuis Le Puy-en-Velay, il avait bien progressé, une journée de halte ne ferait pas de mal.

Il était maintenant parfaitement rôdé pour plier bagage le matin. Il y avait dans les gestes une forme de rituel : se lever, rouler le sac de couchage, le glisser dans la housse anti-pluie, décrocher la toile de la tente et l'étaler à l'envers sur le sol (si la météo le permettait), allumer le réchaud (préparé la veille au soir), faire chauffer l'eau pour le café, ranger dans le sac les quelques affaires sorties pour la nuit, prendre le petit déjeuner, finir de ranger le matériel encore sorti, finir de rouler la tente, fermer le sac à dos. En une vingtaine de minutes, trente au maximum, il était prêt à partir.

Avec l'arrivée à Figeac, Arnaud terminait le premier Topo-Guide® traitant du GR®65. Depuis Le Puy-en-Velay, il avait parcouru un peu plus de deux cent cinquante kilomètres. Plus de sept cents kilomètres depuis Vézelay. Pour quelqu'un qui n'avait jamais marché, il était particulièrement satisfait. Physiquement, jusqu'à présent, il n'avait souffert d'aucun problème. Il se sentait même particulièrement bien dans son corps. Il en avait acquis une conscience qu'il avait ignorée jusqu'à présent. Il se sentait plus fort dans ce corps retrouvé, ou plus exactement découvert, plus en équilibre avec ce qu'il l'entourait.

Il allait prendre son temps aujourd'hui pour découvrir cette petite ville où Champollion a vu le jour. Sa première préoccupation sera de faire tamponner son « passeport ». Il emprunta la route pavée qui permettait d'accéder à l'église. Il pénétra dans le lieu saint et s'installa un peu à l'écart afin de profiter de la quiétude de l'édifice ainsi que de sa fraîcheur. Quelques pèlerins, reconnaissables à leur sac à dos, visitaient l'église. Comme les autres fois Arnaud ressentit cette impression difficilement définissable. Une impression de paix sublimée par la faible lumière et l'atmosphère de la nef. Il resta ainsi en méditation pendant un moment. Certains auraient pu croire qu'il priait. Il se décida à aller faire tamponner par le prêtre son *Credential*. Les formalités furent rapides. Le préposé au tampon n'était pas très loquace. Il se dirigea vers la sortie tout en replaçant dans sa pochette le document. Ne regardant pas devant lui, il bouscula une jeune femme en train d'admirer une statue.

- Oh ! Je vous demande pardon. Plongé dans mes réflexions je n'ai pas fait attention. Je ne vous ai pas fait mal au moins ?

- Non, ne vous inquiétez pas.

La voix avait un accent traînant, suisse probablement. Elle était vêtue d'habits très simples qui avaient dû être propres... autrefois. Elle portait un tout petit sac à dos.

- Vous faites le pèlerinage ? demanda Arnaud.

- Je suis sur le retour. Je suis partie de Genève.

- Joli périple !

- Et vous ? Vous êtes sur le voyage aller ?

Tout en parlant, les deux jeunes gens se dirigeaient vers la sortie.

- Oui, j'ai démarré de Vézelay, il y a un mois à peu près. Je vais faire une pause aujourd'hui à Figeac.

- Vous avez bien progressé.

Ils étaient arrivés à la porte. Arnaud s'effaça pour laisser passer la jeune fille. Ils furent éblouis en passant de la faible lumière intérieure au grand soleil extérieur. Arnaud reprit :

- Je ne me suis pas présenté. Je m'appelle Arnaud.

- Moi, c'est Lætitia, répondit-elle en souriant. On devrait se tutoyer, nous avons à peu près le même âge. Qu'en penses-tu ?

- Ça me va. Quel est ton programme pour aujourd'hui ?

- Rien de spécial. Je pensais me poser ici pour la journée... à condition que je trouve un lieu adéquat.

Arnaud était surpris par cette remarque.

- Ce ne sont pas les lieux d'hébergement qui manquent ici. Je pensais que tu avais déposé ton sac là où tu étais hébergée. J'ai dû me tromper si je comprends bien ?

- Oui, je confirme. Disons que je fais un pèlerinage un peu spécial.

- Tu commences à m'intriguer. Il est bientôt midi, nous pourrions aller déjeuner quelque part. Je t'invite.

- Avec plaisir, ça fait quelques jours que je n'ai pas fait un vrai repas. J'en profiterai pour tout t'expliquer, ajouta-t-elle avec un sourire.

Ils se dirigèrent vers la terrasse d'un petit restaurant et s'y installèrent. Il était plus pratique pour Arnaud de poser son sac – encombrant – à l'extérieur qu'à l'intérieur où généralement celui-ci gênait les serveurs dans leur évolution. Une fois installé, Arnaud attendit que Lætitia prenne la parole tout en la regardant.

Elle était de taille moyenne, blonde, les cheveux assez longs regroupés en une natte. Elle avait du charme rehaussé par un petit côté espiègle et effronté. Elle portait une jupe de toile grossière, une cape de toile également qu'elle avait ôtée pour s'installer à la table, un t-shirt et des sandales de cuir. La voyant ainsi, Arnaud pensa aux pèlerins du Moyen-âge : la couleur de ses habits, leur simplicité y étaient pour beaucoup.

- Tu es bien silencieux, dit Lætitia ayant conscience de la surprise d'Arnaud et de son attente des révélations qu'elle devait faire.

- Oui, je t'observe et j'essaie de deviner ton histoire... je dois dire que je sèche. Tu me fais penser aux pèlerins du Moyen-âge.

- Il y a de ça... elle faisait durer le suspense. Je te propose de boire quelque chose en l'honneur de Santiago et ensuite je te raconte.

- OK.

Le serveur approchait, ils passèrent leur commande et Arnaud reprit :

- J'ai eu l'occasion de discuter avec différents pèlerins sur le chemin et notamment de leurs motivations. J'ai eu de tout, je soupçonne que les tiennes ne sont pas encore inscrites dans mon encyclopédie personnelle.

Elle rit. Elle s'amusait du désarroi d'Arnaud et de son impatience à découvrir les raisons de son voyage.

- Je suis suisse, je pense que tu l'avais compris, de Genève précisément. Ma famille est tout ce qu'il y a de suisse ! Banquier de génération en génération. De l'argent, plus qu'il n'en faut pour vivre. Nous sommes trois enfants à la maison. J'ai deux frères plus âgés. Ils ont rejoints mon père à la banque après des études dans les grandes universités anglaises et américaines. Moi, je suis la dernière de la fratrie. J'ai toujours refusé d'aller étudier comme mes frères. Ce que je veux, c'est aider les autres. Je voulais entrer dans une ONG et partir en Afrique ou en Asie pour aider à la scolarisation des filles. Mon père a très mal pris ma décision, me demandant ce que je pouvais attendre des pauvres. Voilà le genre de mentalité de ma famille. Ils ne vivent que pour eux, que pour leur argent. Ils se croient heureux ainsi, mais je sais moi qu'ils ont tout loupé dans leur vie : ils n'ont pas découvert la richesse des relations humaines. Des relations que tu peux tisser avec quelqu'un qui n'attend rien de toi hormis un moment de partage, partage de quelques paroles échangées au coin d'une rue, partage d'un repas, ou juste d'un morceau de pain, partage d'un abri lorsque l'orage éclate... Les seules relations qu'ils ont aujourd'hui sont dictées par l'argent, il y a toujours l'attente de quelque chose en échange, rien n'est gratuit !

Elle fit une pause pour prendre une gorgée de son coca. Arnaud en profita pour lui poser une question :

- Est-ce-que tu me permets de t'enregistrer, dit-il en montrant son dictaphone ? Je sens que ton histoire sera intéressante pour mon carnet de route.

- Si tu veux.

Elle but une nouvelle gorgée et reprit :

- La tension avec mon père – ma mère est complètement écrasée par lui et se range systématiquement de son côté – a continué de monter étape après étape. Un jour, lors de l'une de nos disputes quotidiennes, il m'a à nouveau dit que je n'avais rien à espérer des pauvres et surtout que je ne pouvais pas être prête à affronter de vivre dans le dénuement ayant depuis toujours été cocoonée dans le luxe. Je n'ai pas supporté de tels propos. J'ai réfléchi à la manière qui me permettrait de prouver à mon père, avant de m'engager en Afrique ou en Asie, que j'étais capable de vivre très simplement, sans beaucoup de ressources et surtout en entrant en communication avec les autres. L'argent ne fait pas le bonheur, ma famille ne s'en est pas encore rendu compte. Une émission de télé sur le pèlerinage de Compostelle au Moyen-âge m'a donné la réponse à faire à mon père : j'allais partir à pied de Genève à Santiago, en emportant le strict nécessaire. Tu as vu mon sac ? Il est quatre fois plus petit que le tien. J'ai fait fabriquer ma jupe et ma cape afin d'être dans l'esprit du Moyen-âge. Elles sont dans une toile quasi indestructible. J'ai aussi fait fabriquer mes sandales en cuir. J'ai acheté un très bon couteau, un quart, une gourde et le sac à dos que tu as vu. Après avoir payé ces achats, j'ai rendu à mon père ma carte bancaire, mon chéquier, mon téléphone portable et même ma montre, le comble pour une Suisse ! J'ai juste gardé cent euros. Je lui ai expliqué que je partais en pèlerinage. Il a éclaté de rire. Tu ne peux pas imaginer combien ça m'a blessée. Il m'a dit que si c'était la marche que je voulais pratiquer, il pouvait me payer un trek dans l'Himalaya avec porteurs et tout et tout... Là, c'est moi qui ai rigolé. Et je lui ai lu la définition de pèlerinage dans le dictionnaire en lui précisant qu'à Harvard il n'était peut-être pas arrivé à la lettre 'P' du dictionnaire. Je peux te dire que ça a fait mouche !

Elle marqua une pause, perdue dans le souvenir de ces instants difficiles. Elle reprit :

- Il a enfin pris conscience que ce n'était pas une rigolade pour moi. Que j'étais réellement déterminée à partir sur les chemins. J'ai même cru lire de la peur dans ses yeux, il commençait à comprendre ce que j'entendais par pèlerinage.

- Mais tu fais comment pour l'hébergement, la bouffe enfin toutes les problématiques du voyage à gérer ?

- En fait, j'ai décidé d'un voyage à l'opposé des voyages actuels. Je suis partie sans carte et sans guide. J'emporte juste de l'eau sur moi, pour me nourrir je dois dépendre des autres. Tu comprends, je voulais me retrouver dans l'état du pauvre que mon père rejette. Pour l'hébergement, c'est la même chose. Il m'est arrivé même de dormir le long d'une haie roulée dans ma cape. Il y a eu d'autres lieux : des salles d'attente de gares, des abribus, des granges, des maisons en ruine, il y a même eu des ballots de paille dans un champ. Je ne peux pas payer un hébergement quel qu'il soit, je dois donc trouver des solutions. Pour la nourriture, c'est encore plus compliqué, je dépends totalement des autres, de la charité des autres.

- Et ça s'est passé comment ? Tu as réussi à te nourrir convenablement ?

- Dans l'ensemble oui. Tu sais ce sont les pèlerins qui m'ont donné le plus. Probablement la proximité dans un but commun. J'avais des kilos en trop quand je suis partie, je les ai perdus !

Elle éclata de rire et poursuivit :

- Dans l'ensemble, les personnes rencontrées – en dehors des pèlerins, j'entends – ont été généreux et accueillants. Plus d'une fois j'ai eu droit à un repas et à un lit. En fait, je surprends beaucoup, je suis presque une extraterrestre. Quand on me compare aux autres randonneurs avec leur sac à dos énorme, je joue dans la catégorie poids plume et j'interpelle.

- Je peux te poser une question un peu indiscrète ?

- Bien sûr.

- Pour l'hygiène, ça se passe comment ? Je pense notamment aux périodes de règles, ça ne doit pas être évident ?

- Globalement j'ai réussi à être hébergée suffisamment de façon régulière pour me permettre de prendre une douche tous les trois jours environ. Je trouve que ce n'est pas si mal. Pour ce qui est des règles, j'ai résolu la problématique avec l'aide de mon médecin : il m'a prescrit un moyen contraceptif implanté sous la peau qui a l'avantage très souvent de supprimer les règles. C'est mon cas. Je ne sais pas comment j'aurais pu gérer autrement et je ne parle pas que de l'aspect financier.

- Tu as mis combien de temps pour arriver à Compostelle ?

- Six mois. Mon choix de pèlerinage ne permet pas de se déplacer avec régularité. Je n'ai aucun programme établi. Il m'est même arrivé de rester presque une semaine chez un couple de petits vieux. Ils ne voulaient plus me laisser partir. Je représentais probablement la fille qu'ils n'avaient pas eue.

- Et pourquoi as-tu fait le choix de rentrer à pied ? Tu n'avais plus rien à prouver à ton père, il me semble ?

- Oui, tu as raison. J'avais prouvé ma capacité à ne pas être comme mon père. Mais après avoir passé tout ce temps sur le chemin, je trouvais idiot de lui passer un coup de fil pour qu'il paye mon billet retour. Par ailleurs, j'estimais que la générosité des gens rencontrés ne devait pas financer mon retour. Je suis restée une semaine à Compostelle et j'ai pris la décision de rentrer à pied. J'avance plus vite et j'arrive à séjourner aux mêmes endroits qu'à l'aller. J'ai créé un lien avec ces personnes. Elles me reçoivent comme quelqu'un de la famille en m'accueillant à bras ouverts. Je dois alors leur raconter dans les détails mon voyage. Ce sont des soirées extraordinaires de chaleur et de partage. Une grosse différence avec les soirées passées à la maison.

- Tu as eu des contacts avec tes parents pendant ton voyage ?

- Aucun. Je n'ai pas appelé, je n'ai pas écrit. De leur côté, je ne sais pas comment ils auraient pu me contacter ne sachant pas où je passais... hormis Compostelle bien sûr. Je crois que mon père n'imaginait pas que je puisse aller jusqu'au bout. Et je l'ai fait, ajouta-t-elle avec une pointe d'orgueil.

- Tu es même allée plus loin que le « bout », puisque tu es

sur le retour !

- Oui, et j'en suis fière.

Elle marqua une pause et enchaîna :

- Ma question aujourd'hui est que faire après ce voyage ? J'ai toujours ce projet d'aider à la scolarisation en Asie ou en Afrique mais par ailleurs j'ai pris goût aux voyages à pied. J'ai quelques projets dans la tête. Des voyages que je réaliserai de façon un peu plus conventionnelle... je n'ai plus rien à prouver il me semble, ajouta-t-elle avec un sourire.

- Ne peux-tu pas concilier les deux ? Tu crées une fondation et tu communiques en marchant. Le premier donateur de ta fondation devrait être ton père, ce serait un juste retour des choses.

- Oui, pourquoi pas. Ça demande réflexion.

- Et en plus en te déplaçant à pied tu peux aussi communiquer sur un plan « écolo – développement durable ». Ça ne peut être que favorable à ton projet.

- Oui, tu as raison.

- J'aimerais que tu me tiennes au courant de l'évolution de ton projet. Ça m'intéresse sur deux plans : en tant que donateur et en tant que marcheur. Je vais te laisser mes coordonnées.

Arnaud sortit un carnet et nota ses coordonnées postales, téléphoniques et de courrier électronique. Il lui tendit la page qu'elle rangea précautionneusement dans son petit sac à dos. Elle montra du doigt le carnet :

- Je vais te noter les miennes... même si je ne serai joignable que dans quelques mois...

Ajouta-elle avec un sourire. Elle enchaîna :

144

- Je suis contente d'avoir fait ta connaissance Arnaud. J'ai eu l'occasion tout au long de ce voyage de raconter mon histoire, mais la discussion que nous venons d'avoir m'ouvre d'autres réflexions.

- Je pense sincèrement que ton projet est réalisable. Tu devrais mettre à contribution les relations de ton père... autant en profiter ! Notamment dans le secteur de la communication et du marketing, j'imagine qu'il a des clients dans ces secteurs d'activités ?

- Oui, tu as raison. Ils devraient pouvoir mettre sur pied (si je puis dire!) un plan de communication digne de ce nom.

- Par ailleurs, je pense que tu dois te faire connaître. On doit pouvoir t'identifier à ta fondation. Écrire un bouquin sur ton expérience serait une bonne entrée en matière. Là aussi les relations de ton père doivent pouvoir t'aider.

- J'ai déjà songé à l'écriture de ce livre. J'ai un carnet dans mon sac où je mets quelques notes. Il faudra que je prenne du temps en arrivant pour faire la rédaction.

- Je pense que tu vas être particulièrement occupée lorsque tu arriveras à Genève. Bon et si on commandait, je commence à avoir faim.

- Tu as raison.

Ils prirent les menus et firent signe au serveur. Ils passèrent leur commande.

- Quels sont tes projets pour ton hébergement de ce soir ? demanda Arnaud.

- Rien de planifié pour l'instant, il va falloir que je trouve un plan. Je n'avais pas séjourné ici à l'aller je n'ai donc pas d'adresse.

- Et si je te réservais une place dans un hébergement ? À l'hôtel par exemple, puisque tu n'as pas de tente.

- Tu n'es pas obligé de faire ça.

- Ça me fait plaisir. C'est ma façon de démarrer ma coopération dans ton projet.

- OK. C'est sympa. Et toi, tu vas dormir où ?

- Au camping. Ainsi je pourrai partir de bonne heure demain matin pour marcher « à la fraîche ».

- On pourrait passer l'après-midi à discuter du projet, si tu veux bien.

- J'allais te le proposer. On va aller à l'hôtel réserver ta chambre, on pourra ainsi se poser, on mettra sur papier les grandes lignes de ton projet, ça te va ?

- Ça me va.

Lætitia était « boostée » par les propositions d'Arnaud. Comme d'habitude, le jeune homme ne s'encombrait pas de longues réflexions : une décision était prise, il avançait.

Après le déjeuner, ils réservèrent la chambre d'hôtel ainsi que le camping et passèrent l'après-midi dans la chambre à réfléchir sur la future fondation. Ce jour-là, Lætitia put faire un autre repas convenable en compagnie d'Arnaud. La soirée était bien avancée lorsque les deux amis se séparèrent en se promettant de rester en contact.

Arnaud regagna le camping. Il avait monté sa tente au moment de la réservation. Bonne initiative car il aurait dû le faire à la lumière de la frontale, ce qui n'est jamais très agréable. Sur le chemin, il réfléchissait à la rencontre du jour : il constatait une nouvelle fois combien l'Homme pouvait être fort dans le dépassement de soi. Lætitia en était l'exemple, elle pour qui tout était acquis de par sa naissance, elle avait tout rejeté pour prouver sa capacité à vivre dans le dénuement. Et elle l'avait fait avec brio. Arnaud espérait que son père le reconnaîtrait et l'aiderait à la création de sa fondation. Il avait hâte qu'elle arrive à Genève pour qu'elle puisse démarrer son action et le tenir informé. Avant de se coucher, il prit son téléphone portable afin d'appeler Anne. Il y avait quelques jours qu'ils n'avaient pas discuté ensemble. Le son de sa voix lui manquait. Il ressentait aussi le besoin de partager la rencontre de la journée. Il s'installa confortablement, assis par terre près de sa tente et composa le numéro d'Anne.

Chapitre XII
Catherine, Janine, Edwige, Anne-Carole

> *J'ai eu mon notaire au téléphone hier. Ta mère continue à essayer de me soutirer encore plus d'argent. Déjà que je laisse plus du tiers des mes revenues, je ne vois pas bien ce que je pourrais encore donner. Mais bon, c'est ta mère. Je la soupçonne de plus en plus de t'avoir dit que j'étais mort. Il n'est pas compréhensible que tu ne répondes pas à mes lettres. Peu importe, un jour viendra où je te retrouverai. Pour l'instant, je suis bloqué. J'ai chopé une « crève » hier. J'ai essuyé un orage incroyable et impossible de m'abriter. J'ai été trempé et j'ai attrapé froid. J'ai eu de la fièvre cette nuit. C'est cela aussi le pèlerinage ! J'ai dû me rendre chez le médecin (très jolie jeune femme au demeurant... je crois même que je l'ai invitée à dîner ce soir), qui me conseille de faire un break d'au moins trois jours avant de pouvoir continuer. Après tout, c'est sympa ici, et j'ai pu réserver à l'hôtel. Ça me permettra aussi de faire sécher tout le contenu de mon sac.*

Moissac est à environ cent soixante kilomètres de Figeac. Ces deux villes sont les points extrêmes du deuxième Topo-Guide® de la *Via Podiensis*. Arnaud s'était donné pour objectif de parcourir la distance en quatre jours. Il savait que ça n'avait que peu d'intérêt de le réussir ou non, mais il s'était aperçu que la marche c'était aussi se créer ces petits défis, bien que, par nature, il n'eût que peu d'intérêt pour la compétition. Dans le cas présent la compétition était avec lui-même, avec son corps. Et il éprouvait un sentiment de satisfaction intérieure lorsque son objectif était atteint, lorsque ce corps avait répondu à sa sollicitation et qu'il en éprouvait du plaisir.

Pour l'instant, l'objectif fixé semblait atteignable. En deux jours il avait couvert plus de cent kilomètres ! Il approchait du village de Montcuq. Arnaud, lors de la préparation de son voyage, s'était un peu renseigné sur ce lieu au patronyme particulier. Il avait découvert qu'en 1976 une émission de télévision, « le Petit Rapporteur », avait rendu célèbre le village par une interview du maire de Montcuq menée par Daniel Prévost. Celui-ci donnait le ton dès le début du film par : « *... pour la première fois je suis heureux de vous montrer Montcuq à la télévision...* ». La suite de l'interview n'avait été qu'un florilège de jeux de mots grivois avec la complicité du maire de l'époque. En fait, la bonne prononciation est [*monkuk*], le dernier son [*k*] étant prononcé. Il est cependant beaucoup plus amusant de l'oublier. En 2007, la municipalité, pour rendre hommage à l'émission et à Jacques Martin, fondateur du Petit Rapporteur, a baptisé une rue du village « rue du Petit Rapporteur ».

C'est donc à Montcuq qu'Arnaud allait passer la nuit. Il était parti très tôt ce matin, il faisait à peine clair. Il allait pouvoir décompresser après l'effort qu'il venait de fournir. Une bonne douche sera la bienvenue. De plus, il pourra acheter les provisions qui lui manquaient pour poursuivre son périple dans de bonnes conditions. Il avait porté son choix d'hébergement sur le camping municipal portant le nom de Camping Saint-Jean. Il restait ainsi fidèle à sa ligne directrice en matière d'hébergement. De plus le temps restant au beau, il n'avait aucune raison de changer ses habitudes. Il cherchait également à minimiser ses déplacements lorsqu'il arrivait à l'étape et essayait de rester le plus près possible de son chemin.

Il se dirigea donc en contrebas de la vieille ville médiévale et atteignit le camping. Un groupe de quatre femmes équipées en marcheuses attendait, au garde à vous, près d'un abribus. Arnaud les salua :

- Bonjour, dit-il en passant.

- Bonjour jeune homme, répondit l'une d'elles. Vous devez vous demander ce que nous faisons ?!

Arnaud s'arrêta, surpris par la question.

- Euh, non pas vraiment. Mais je suppose que vous attendez un bus.

- Et bien non ! Apprenez, jeune homme, dit-elle de façon très sentencieuse, que nous sommes dans « l'arrêt de Montcuq ! ».

Elles éclatèrent toutes les quatre d'un rire tonitruant et Arnaud les accompagna.

- Effectivement, enchaîna-t-il, c'est bien vu. Je vous souhaite une bonne soirée.

Il s'éloigna vers l'accueil du camping, les rires se poursuivant dans son dos. Il leur faudrait un moment pour s'en remettre. La jeune femme de l'accueil l'accompagna jusqu'à un emplacement disponible afin qu'il puisse y planter sa tente.

- Vous allez être à côté d'une bande de déjantées, dit-elle, vous ne devriez pas vous ennuyer. Ça fait quatre jours qu'elles sont dans le camping, elles s'organisent des randonnées à la journée. Je vous souhaite une bonne soirée.

- Merci, à vous aussi.

Il avait réglé sa nuitée afin de pouvoir partir tôt le lendemain matin. Il commençait à monter sa tente quand il entendit des rires derrière lui. Pas de doute, ça ne pouvait être que le groupe qu'il avait croisé à l'entrée du camping qui regagnait la tente juste à côté. Il se retourna.

- Je vois que vous en êtes sorties... dit-il avec un sourire.

- Pardon, sorties de quoi, c'était la personne qui lui avait parlé à l'extérieur qui lui répondit.

- De la raie...

Elles éclatèrent de rire. Elles devaient être épuisées à la fin de la journée avec un régime comme le leur.

- Je m'appelle Arnaud, enchaîna-t-il quand elles commencèrent à se calmer.

- Moi c'est Catherine, dit-elle en lui serrant la main, la petite brune c'est Janine, la grande blonde, c'est Edwige et la dernière, c'est Anne-Carole.

Les unes après les autres, elles vinrent lui serrer la main.

- Vous avez l'air de bien vous amuser ?

- Tu sais, si nous ne nous amusons pas alors que nous sommes en vacances quand pourrons-nous le faire, répondit Janine ? Tu randonnes ou tu pèlerines ?

- Je pèlerine en randonnant. Je suis parti de Vézelay pour aller à Saint-Jacques. Et vous, pèlerinage ou randonnée ?

C'est Catherine qui répondit :

- Nous avons choisi de nous poser trois semaines dans ce camping, Anne-Carole le connaissait. Nous faisons partie toutes les quatre d'une association catholique qui prône la marche comme moyen de réflexion.

Arnaud nota qu'elle avait soudain pris un ton très sérieux.

- Joli programme. Il est vrai que la marche est un beau moyen d'entrer en introspection... il marqua une pause. J'ai une question, vous arrivez à entrer en réflexion avec les éclats de rire dont vous devez parsemer votre chemin ?

Bien entendu, elles éclatèrent de rire. C'est Edwige qui répondit :

- On va te proposer un truc Arnaud, on t'invite à dîner, on est voisins après tout ! Et on te raconte tout ça, qu'en pensez-vous les filles ? Pour une fois qu'on trouve un petit jeune avec qui on peut avoir une discussion qui dépasse trois onomatopées on ne va pas le laisser filer ! Alors ?

- Tout à fait d'accord, ajouta Anne-Carole. Tu as besoin d'un coup de main pour monter ta tente ?

- C'est sympa. OK pour le repas, j'ai quelques provisions dans mon sac on pourra partager, et non pour la tente, j'en ai pour cinq minutes... j'ai de l'entraînement depuis que je pérégrine. Je vais juste passer à la douche après avoir monté la tente.

- Et bien c'est entendu, tu es notre invité, ajouta Catherine. Installe-toi tranquillement, nous, on s'occupe de tout le reste. À tout à l'heure.

Elles partirent toutes les quatre vers leur grande tente et commencèrent à organiser le campement du soir. Arnaud les regarda s'éloigner. Ces quatre femmes agissaient un peu à la manière d'une tornade. La soirée risquait d'être intéressante. Arnaud finit d'installer sa tente et prit ses affaires pour aller se doucher. Après les cinquante kilomètres qu'il venait de parcourir ça lui permettrait de détendre ses muscles. Il ôta ses chaussures de marche et les remplaça par ses sandales : ses pieds pouvaient enfin respirer. Le soleil brillait encore, il y exposa ses chaussures pour qu'elles puissent sécher afin de repartir demain dans de bonnes conditions.

La douche fut vraiment délicieuse après la marche de la journée. Il regagna tranquillement sa tente et posa sa serviette dessus afin qu'elle sèche. Le « club des quatre » l'interpella :

- Alors, tu te sens mieux ? Tu peux venir, on finira pendant qu'on discute.

Il prit son couteau, son quart, son assiette, une fourchette et un sachet de fruits. Il posa ces derniers sur la table.

- Pour le dessert, dit-il.

- Merci Arnaud, le savoir-vivre se perd, dit Catherine. Tu es très différent des jeunes de ton âge. On rencontre peu de pèlerins de moins de quarante ans.

- C'est vrai. La vie s'est chargée de me forger un caractère bien à moi et les écrits de mon père m'ont particulièrement aidé à me construire cette année.

- Ton père est écrivain ?

- Non, il était commercial dans une grosse boîte. En fait, je l'ai très peu connu. Mais il a eu l'intelligence de me faire parvenir après sa mort des lettres que je n'avais pas pu avoir de son vivant ainsi qu'un carnet retraçant son pèlerinage vers Saint-Jacques. Il est mort en début d'année.

- En somme, tu es sur les traces de ton père, dit Edwige.

- Oui, on peut le dire ainsi. Je m'aperçois cependant que nous réalisons un pèlerinage différent. Il est vrai que nous n'avons pas le même âge. Je privilégie le camping sauvage ou les petits campings comme celui-ci. Lui, c'était plutôt gîtes, hôtels, chambres et tables d'hôtes. Il faisait des étapes moyennes de vingt-cinq kilomètres, je fais des étapes plus longues et j'essaie de m'arrêter une journée toutes les semaines. Les deux derniers jours, j'ai fait cent kilomètres. Ce que je constate, c'est la richesse des rencontres que nous avons faites chacun de notre côté. J'ai même, après le Puy-en-Velay croisé quelqu'un que mon père avait rencontré. Ça a été un moment très fort en émotion.

Anne-Carole siffla :

- Cent kilomètres, pas mal. On va t'embaucher comme coach dans notre association, nous avons quelques membres qui préféreraient passer leurs journées devant la télé ! Tu dois pratiquer depuis pas mal de temps pour faire ça ?

- Non, détrompe-toi ! J'ai laissé une amie au Puy-en-Velay qui m'avait prévenu, après deux à trois semaines de marche intensive – disons vingt à vingt-cinq kilomètres tous les jours – le corps atteint (et probablement l'esprit également) une maturité qui lui permet de repousser les limites. Pour le tronçon allant de Figeac à Moissac je me suis donné quatre jours et je ferai une pause d'une ou deux journées à Moissac. Je pense que je vais réussir mon petit défi personnel. Je n'avais jamais vraiment marché avant ce voyage, j'ai découvert que la marche était propice à la réflexion, à la méditation... C'est le but de votre association si j'ai bien compris ?

- Oui, dit Catherine. Ensemble, nous avons créé ce club afin d'amener nos membres à ouvrir leur esprit. Nous sommes catholiques, on peut même dire pratiquantes. Mais nous pensons que l'église, telle qu'elle est faite aujourd'hui n'est plus en adéquation avec la société. Notre réflexion est partie de là : comment aider les personnes à se recentrer sur leurs pensées de façon constructive. Toutes les quatre, nous pratiquions la marche chacune de notre côté. Nous sommes toutes divorcées, à cinquante ans ça laisse des traces ! Nous nous sommes rapprochées, nous avons rigolé ensemble et nous avons bâti ce projet : aider la réflexion, la méditation que les gens ne vont plus chercher dans un lieu de culte. Cette méditation, tout le monde peut la trouver sur les chemins. Nous avons fédéré une cinquantaine de membres, tous cultes confondus, nous avons même notre curé et un rabbin. Les discussions sont toujours riches. Nous organisons une sortie tous les quinze jours, chaque membre est tenu de tracer un itinéraire. Nous visons entre quinze et vingt-cinq kilomètres, on fait ça le dimanche matin.

Catherine s'était arrêtée, elle semblait les avoir quittés pour rejoindre l'une de ces petites randonnées dominicales. Anne-Carole poursuivit :

- On a constaté que l'on démarrait toujours en discutant (on peut regrouper une vingtaine de marcheurs à chaque sortie), quelques fois même bruyamment. Au-delà de cinq à sept kilomètres la discussion devient intérieure. L'esprit vagabonde. Il y a comme un dédoublement : le corps poursuit son effort, l'esprit part dans ses réflexions. Sur des étapes de cinquante kilomètres comme tu le fais, tu dois le ressentir peut-être encore plus. J'aimerais bien essayer un jour.

- Tu as raison, répondit Arnaud. Le corps et l'esprit se dissocient, j'ai pu le constater tous les jours depuis mon départ et encore plus depuis le Puy-en-Velay puisque je marche seul.

Il fallait s'y attendre ! Edwige reprit la dernière phrase d'Arnaud et chanta le refrain de la chanson de Jean-Jacques Goldman aussitôt suivie par ses trois consœurs. La chanson finit dans de grands éclats de rire. Arnaud rit aussi devant la bonne humeur du quatuor.

- On peut dire que vous êtes de bonnes vivantes !

- Tu l'as dit, acquiesça Catherine. Mais tu sais ça n'a pas toujours été le cas. La vie nous a distribué quelques belles paires de claques, aujourd'hui l'âge nous aide à prendre du recul. Les mômes sont grands, on ne vit plus sur la même planète. Et puis ils ont besoin de faire leurs expériences. Nos mecs nous ont larguées lorsque nous avons commencé à vieillir (ce qu'ils n'ont pas compris, c'est que eux aussi ont vieilli !). On ne travaillait pas, il a fallu qu'on se reconstruise à plus de quarante balais. Alors, aujourd'hui, on peut estimer qu'on a le droit de s'amuser et de prendre la vie par la rigolade.

- Je comprends, vous n'êtes pas du genre à baisser les bras. Est-ce-que la marche vous a aidées à vous reconstruire après vos épreuves ?

- Bien sûr, répondit Anne-Carole. On se connaissait un peu avant, la marche nous a complètement rapprochées, nous sommes inséparables maintenant. La preuve nous partons en vacances ensemble. Et je peux te dire qu'on s'éclate.

- Et après vos divorces, vous n'avez pas retrouvé de compagnons avec qui reconstruire quelque chose ?

- Nous avons, toutes les quatre, décidé de bannir les relations à long terme avec les hommes, répondit Catherine. D'ailleurs, le curé nous sermonne régulièrement à ce sujet. De cette façon on se simplifie grandement la tâche. Les mecs qui cherchent une mère de substitution, très peu pour nous. Et tous les mecs sont comme ça. Par conséquent, c'est chacun chez soi, et des relations juste pour le plaisir. Nous nous sommes pleinement épanouies grâce à cette philosophie de la vie.

Les trois autres hochèrent la tête en signe d'acquiescement.

- Au moins les choses sont claires avec vous, dit Arnaud.

Il était tombé sur de sacrés phénomènes.

- Nous réfléchissons même à écrire un bouquin sur notre mode de pensée, ajouta Edwige. Nous espérons bien le publier pour la fin de l'année.

- Ça pourra être profitable à beaucoup.

- Mais notre philosophie va même plus loin : nous partons en vacances ensemble, mais nous habitons aussi ensemble. Quand nous nous sommes retrouvées dans la merde après nos divorces, il a fallu que nous trouvions des solutions pour réduire nos frais. Il nous aurait fallu une maison pour chacune avec de quoi accueillir une fois tous les trente-six du mois nos gosses alors qu'on peut pour le même prix ou presque avoir une maison un peu plus grande avec une chambre de plus pour les mômes quand ils viennent. En plus, on partage une seule voiture. On y gagne sur toute la ligne.

- Depuis que je marche sur le chemin, je ressens la puissance de la solidarité. Ma mère ne m'avait jamais montré ce côté de la nature humaine. D'ailleurs, je peux comparer sa réaction face au divorce et la vôtre. Vous vous trouvez aux antipodes. Et je préfère nettement votre philosophie ! Si elle avait été dans cette dynamique, j'aurais pu connaître mon père et ne pas gâcher toutes ces années que nous aurions pu partager. Je me trompe peut-être mais je pense que la solidarité, la communauté et le partage seront les grandes tendances du siècle à venir. Il suffit de voir le développement des associations comme les AMAP[2], les SEL[3]...

- Tu as raison, nous appartenons aux deux, ajouta Janine. Après nos divorces (et même avant d'ailleurs), nous nous sommes laissées aller à bouffer des merdes transformées. Nous nous sommes inscrites alors à une AMAP, nous avons dorénavant notre panier de légumes frais et de saison produits à côté de chez nous. Avec ça et la marche, nous avons perdu nos kilos de graisse. Le SEL a été nécessaire parce qu'on n'avait pas les moyens de s'acheter des livres ou de faire venir une entreprise pour certains bricolages chez nous. Nous avons réussi à faire adhérer tous les retraités du quartier ainsi que tous les

---

2 AMAP : Association pour le Maintien de l'Agriculture Paysanne

3 SEL : Système d'Échange Local

ados. Les échanges marchent bien : les ados font des cours pour utiliser internet, les vieux aident aux devoirs, bricolent à droite ou à gauche, donnent des conseils pour entretenir les vélos ou les scooters. On a même un séliste qui a aménagé son garage (il a décidé qu'il ne conduirait plus de voiture, il ne voit plus assez bien) pour que les mômes du quartier puissent bricoler en toute sécurité.

- C'est sympa, ajouta Arnaud. Et ça me rassure sur l'avenir de notre société.

- Mais tu sais ce n'est pas si idyllique que ça. Là, je te parle des jeunes d'un côté, des retraités de l'autre, mais entre les deux c'est difficile. Le maître mot est toujours « je n'ai pas le temps ». Par contre le temps est trouvé sans problème pour passer des samedis après-midis entiers dans les temples de la consommation que sont les hypermarchés ! Ils aimeraient être dans la dynamique du SEL, mais aller vers l'autre est difficile et la société ne prépare pas à ce genre de chose. Il faudra peut-être attendre qu'ils soient en retraite pour qu'ils adhèrent pleinement. C'est dommage. La richesse des rencontres n'a aucune commune mesure avec les heures passées dans les magasins.

- Effectivement. Je comprends d'autant plus que je viens de parcourir un bon bout de chemin et de rencontrer des gens formidables. J'ai hâte de lire votre bouquin.

Ils restèrent tous silencieux pendant quelques instants, chacun plongé dans ses propres réflexions. Catherine reprit la parole, changeant de sujet.

- Quel est ton programme demain, demanda-t-elle à Arnaud ?

- Si je veux tenir mon objectif des quatre jours, je vais devoir partir de bonne heure.

- C'est quoi de bonne heure pour toi, demanda Janine ? Je pose la question parce que pour les jeunes de ton âge, c'est souvent après dix heures !

Arnaud rit à cette remarque et enchaîna :

- Je veux dire « bonne heure » dans l'acceptation première de cette expression. Je vais lever le camp vers cinq heures.

Elles sifflèrent toutes les quatre en même temps et Anne-Carole ajouta :

- Un extra-terrestre, je vous dis que j'ai percé son secret, il vient d'une autre planète ! Il n'y a pas d'autres explications.

- Je suis d'accord avec toi, ajouta gravement Janine.

Arnaud rit devant cette remarque.

- Si je pars trop tard, il ne me sera pas possible de faire l'étape que je compte faire ou alors je devrais monter la tente dans le noir et ce n'est pas l'idéal. Et surtout, j'ai quatre-vingt-dix pour cent de chances de ne pas avoir de place dans les hébergements. Et vous quel est votre programme ?

C'est Anne-Carole qui répondit :

- J'ai vu qu'on pouvait faire des baptêmes d'ULM à quelques kilomètres. Ça pourrait être sympa et surtout j'en rêve depuis des années.

Les trois copines la regardèrent interloquées. C'est Catherine qui répondit :

- Tu en rêves depuis des années ? Mais tu as le vertige dès que tu montes sur un tabouret ?

- Mais non tu ne comprends pas, reprit Anne-Carole, un éclair de malice dans les yeux, ce n'est pas de l'ULM dont je rêve, c'est, au moins une fois dans ma vie, pouvoir péter plus haut que « Montcuq » !

Ils éclatèrent tous de rire. Elles étaient capables de parler très sérieusement et l'instant d'après partir dans des délires. Arnaud était content de ce moment partagé avec ces quatre femmes qui toutes avaient l'âge d'être sa mère. Il regrettait que la sienne ne soit pas dans ce groupe. Il se rendit compte qu'il y avait quelques jours qu'il n'avait pas pensé à elle. Il se demandait tout de même comment elle allait et comment elle avait réagi à sa carte envoyée depuis le Puy-en-Velay.

Ils continuèrent ainsi à blaguer et à faire des jeux de mots grivois jusque près de minuit. Ils étaient les derniers campeurs à aller se coucher. La nuit allait être courte pour Arnaud. Il récupérerait demain après son étape.

Chapitre XIII
Pierre

Finalement, je m'entends très bien avec Florence, le médecin qui m'a examiné. Nous avons passé un peu de temps ensemble. Elle est divorcée... Encore une fois ça se passe mal. C'est la guerre pour savoir qui aura leur fils. Pour changer c'est le père qui crée les problèmes, il faut dire qu'il est avocat ! Je crois que je vais rester deux jours de plus. Cette relation me fait du bien. J'ai invité Florence à me rejoindre à la bergerie lorsque je serai dans les Pyrénées. Une petite halte avant l'Espagne sera profitable. La bergerie, j'aimerais que tu la découvres. C'est vraiment un lieu pour se ressourcer dans un cadre extraordinaire. J'espère que tu aimes la montagne.

Arnaud poursuivait son chemin sur le GR65® . Il abordait le dernier tronçon français qui allait de Moissac à Roncevaux dans les Pyrénées, porte d'entrée du circuit espagnol. Il avait tenu son objectif de parcourir en quatre jours la distance entre Figeac et Moissac. Il n'en tirait cependant aucun sentiment d'exploit ou de supériorité. Il était juste content que son corps ait répondu présent à sa demande. Cette étape vers Saint-Jacques allait ajouter à son compteur environ trois cent cinquante kilomètres. Il ne se fixait aucun objectif cette fois, il se disait simplement qu'en deux semaines, au maximum, la distance devrait être franchie. Il espérait seulement que le temps allait rester au beau. Il constatait avec surprise que l'approche qu'il avait dorénavant de la météo avait changé.

Il notait que les personnes qui ne vivaient pas à l'extérieur se forgeaient une idée du temps qu'il fait de façon très large. Alors que, lorsqu'on vit à l'extérieur en permanence, la perception change. Le déroulement d'une journée est rarement uniforme, comme voudrait le faire croire le présentateur de la météo. Il s'était aperçu qu'une journée « variable » offrait finalement des périodes ensoleillées très importantes... à condition d'être à l'écoute de la nature afin de pouvoir en profiter à chaque instant. Et qu'une journée « couverte » n'offrait pas obligatoirement de pluie, et enfermé chez lui, il aurait qualifié alors purement et simplement la météo par « un temps épouvantable » ou « un temps de chien ». Alors que sur le chemin, il appréciait la lumière du soleil filtré par les nuages, les jeux d'ombres. Il constatait que, finalement, il avait très peu marché sous la pluie. En sept semaines de voyage, il avait dû avoir trois ou quatre jours de pluie. Ce qui est très peu sur une telle période.

Pour l'heure, Arnaud avait parcouru à peu près la moitié de ce tronçon. Ce soir, il dormirait à Aire-sur-l'Adour au camping qui portait le joli nom de « Les Ombrages de l'Adour ». Après la chaleur de la journée ce ne serait pas du luxe !

Il abordait une côte assez sévère et poussiéreuse. Les images de son rêve récurrent dans lequel il cherchait à atteindre son père le fit sourire. Dans son rêve, il est épuisé et n'arrive pas à gravir la côte. Dans la réalité, la mécanique de ses muscles est parfaitement rodée et lui permet d'affronter cette côte très sereinement. Seul l'éblouissement est bien réel. Il se surprit à discerner une silhouette en haut de la côte. Il s'arrêta et mit sa main en visière au-dessus de ses yeux afin de s'en assurer. Effectivement, ses sens ne l'avaient pas trompé. Mais contrairement à la silhouette de son rêve, celle-ci semblait peiner. D'ailleurs, comme pour confirmer son impression, il la vit s'arrêter et s'asseoir sur une grosse pierre sur le bord du chemin. Arnaud reprit sa marche.

Quelques instants plus tard, il arriva à la hauteur du marcheur.

- Bonjour, dit-il, il fait chaud, si vous le permettez, je vais faire comme vous et faire une pause.

La silhouette assise sur sa pierre devait avoir une cinquantaine d'années. Petite, elle était particulièrement maigre, Arnaud pensa plutôt « amaigrie ». Sous la casquette de base-ball qui lui protégeait le haut du crâne, Arnaud soupçonna des cheveux très clairsemés. Des cernes sous les yeux laissaient supposer une grande fatigue.

- Je vous en prie, dit l'inconnu, prenez place dans mon magnifique séjour, ajouta-t-il en embrassant d'un geste large le paysage qui les entourait.

- Je m'appelle Arnaud, dit-il en tendant la main, cette côte est plutôt hard avec ce soleil.

- Pierre, répondit l'inconnu en lui serrant la main, oui, hard est un bon qualificatif, et je ne suis plus suffisamment en forme pour ce genre de grimpettes. Je crois que j'y ai laissé toute mon énergie.

- Vous y êtes tout de même arrivé, dit Arnaud en sortant son bidon et en le présentant à Pierre. Un peu d'eau ?

- Merci, tu tombes bien. J'avais une réserve d'eau dans une bouteille en plastique que j'ai fait tomber ce matin en partant. Je n'ai pas fait attention mais je l'ai percé et j'ai arrosé le chemin sans m'en rendre compte. Il but. Ah ! Ça fait du bien !

- Vous vous arrêtez où ce soir ?

- Tu peux me tutoyer. Je fais la halte à Aire-sur-l'Adour, j'ai réservé au gîte d'étape. Et toi ?

- Aire, moi aussi, mais au camping... s'il y a de la place. Je verrai bien. Il doit rester deux ou trois kilomètres, on peut peut-être les faire ensemble, ainsi tu pourras t'hydrater.

- Oui, c'est une bonne idée. C'est vraiment la providence qui t'a mis sur mon chemin. Je n'ai rencontré personne aujourd'hui.

- Un peu d'énergie ? Arnaud venait de sortir des biscuits de son sac.

- Volontiers, merci.

Pierre tendit la main et en prit un. Ils commencèrent à manger, gardant le silence. C'est Pierre qui reprit la parole :

- Je te remercie de t'être arrêté. Je n'étais pas dans une forme olympique quand tu m'as trouvé. Ton eau et tes biscuits m'ont fait du bien.

- Bah, n'en parlons plus, c'est naturel. Tu randonnes local ou tu vas à Saint-Jacques ?

- J'ai pour ambition d'aller à Saint-Jacques, mais j'ai du mal je dois le dire. Je suis parti du Puy depuis plus de deux mois. Et toi ? Je soupçonne que tu vas me répondre Saint-Jacques, vu la coquille qui orne ton sac. Et je dirai même que tu fais le pèlerinage en une seule fois.

- C'est exact, on ne peut rien te cacher. Je suis parti de Vézelay en passant par le Puy-en-Velay. On a dû partir quasiment en même temps.

- Tu as bien marché, dis donc ! Tu es un habitué de la rando ?

- Pas du tout, l'entraînement vient en marchant. L'équipement fait beaucoup également, notamment le choix des chaussures.

166

J'ai préféré des chaussures avec une tige très haute toute en cuir. C'est probablement plus lourd mais c'est moins risqué. J'ai croisé il y a quelques jours un randonneur qui s'était tordu la cheville, il portait des chaussures basses. Pour lui, Compostelle est terminé, la cheville avait doublé de volume, il était incapable de poser le pied par terre. Il a été évacué par les pompiers. Dommage, avec un choix différent de chaussures je pense qu'il serait toujours en route vers Saint-Jacques.

- Oui, je suis d'accord avec toi. Mais je dois dire que dans cette côte j'ai pensé avoir des chaussures de plomb.

À cette évocation, Arnaud replongea dans son cauchemar. Cette côte était la copie conforme de celle de son rêve : écrasée de soleil, poussiéreuse, aveuglante. Pour quelqu'un qui ne serait pas en forme, comme semblait l'être Pierre, elle devait paraître interminable. Il en était troublé.

- Je comprends ce que tu as dû ressentir. Ton sac n'est pas trop lourd au moins ?

- Trop à mon goût ! J'ai réussi à limiter à une dizaine de kilos. Je n'ai pas de tente, je privilégie les gîtes d'étape, ça aide. Et toi ? Il n'est pas trop lourd ?

- Un peu plus de quinze kilos, mais c'est supportable. J'ai une bonne condition physique... Bon ! Si on se mettait en route ? Tu as rechargé tes batteries ?

- Oui, ça va mieux. Heureusement que tu passais par là. Allez, en route !

Pierre se leva avec difficulté. Arnaud ramassa le sac de son compagnon et le maintient en l'air afin de lui permettre de le passer. Quand ce fut fait, il ramassa son propre sac. Ils marchèrent tranquillement jusqu'à leur étape. Arnaud accompagna Pierre jusqu'à la porte du gîte. Pierre se retourna :

- Je t'invite à dîner ce soir. J'espère que tu es libre ? Je tiens à te remercier de l'aide que tu m'as apportée aujourd'hui.

- Tu n'es pas obligé. C'était naturel. De plus j'ai fait si peu.

- J'insiste.

- OK. Le temps d'aller au camping, de monter la tente et de prendre une douche... disons... dix-neuf heures trente ? Ça te va ?

- Parfait. On se donne rendez-vous ici.

- Très bien, à tout à l'heure.

Arnaud s'éloigna en direction du camping. Pierre entra dans le gîte et se présenta. Ce gîte était tenu par deux anciens pèlerins Odile et André qui n'accueillent que les pèlerins à pied et portant un sac à dos.

Pierre se sentait réellement épuisé. On lui montra son lit ainsi que les sanitaires. Quand il fut seul, il ouvrit son sac et en sortit une trousse de toile beige qu'il ouvrit. Il en sortit plusieurs plaquettes du type de celles qui contiennent des médicaments. Il en choisit trois, prit trois comprimés et les avala avec un peu d'eau. Il s'allongea sur le lit tout habillé. Poussant un long soupir il ferma les yeux, une larme perla au coin de sa paupière.

Arnaud installa son campement en quelques minutes. Il avait eu de la chance, il ne restait que deux emplacements libres dans le camping. Il prépara ses affaires pour aller prendre une douche tout en pensant à Pierre. Il devait avoir l'âge de son père et semblait avoir des problèmes. Il s'était réellement traîné pour arriver au gîte. Arnaud était inquiet, il devait y avoir autre chose que de la fatigue due au voyage. Il essaierait d'aborder le sujet ce soir à table. Pour l'instant une bonne douche lui ferait le plus grand bien après la chaleur de la journée.

Pierre, en arrivant au gîte avait prévenu Odile qu'il ne

mangerait pas avec eux ce soir. Elle lui avait rappelé que le gîte fermait à vingt et une heures trente. L'expérience d'Odile et André acquise au cours de neuf pèlerinages vers Saint-Jacques avait imposé cet horaire afin de préserver le sommeil des pèlerins. Pierre alla attendre Arnaud devant la grande maison. Le repos qu'il venait de prendre lui avait fait du bien. Il n'attendit pas longtemps, Arnaud arrivait, ponctuel. Ils se dirigèrent vers le premier restaurant qu'ils avaient aperçu en venant et s'installèrent en terrasse.

- Tu as réussi à te reposer un peu ? demanda Arnaud.

- Oui, ça m'a fait du bien. Je me sens mieux.

- Tu as souvent ce problème... disons... d'épuisement ?

- Tu sais, je ne suis plus très en forme. Compostelle, pour moi, c'est maintenant... ou ce ne sera jamais !

- Qu'entends-tu par « ce ne sera jamais ! » ? Tu veux dire qu'après tu n'auras pas le temps ?

Pierre garda le silence quelques instants, le regard perdu au loin dans la rue. Il répondit :

- Non, ce n'est pas tout à fait ça.

Il s'interrompit. Arnaud voyant sa gêne le rassura :

- Tu sais, tu n'es pas obligé de me répondre, c'était de la curiosité, je te prie de m'excuser.

- Non, je peux bien te le dire, au nom de la fraternité des pèlerins par exemple. Je suis malade.

Il marqua une pause, il avait dû mal à trouver les bons mots. Il reprit :

- Il y a six mois, les médecins ont diagnostiqué un cancer. J'ai eu droit à la chimio, ce qui explique ma coupe de cheveux que tu as peut-être remarquée. Ils commencent à repousser. Pour l'instant, la maladie est stabilisée mais j'ai bien compris, dans le discours des médecins, que j'étais loin d'être guéri. Je pense même que je suis condamné. On ne me l'a pas dit ainsi, j'aurai probablement préféré, mais la vérité est là. J'ai deux enfants que je vois de temps en temps. Je suis divorcé. Depuis six mois, j'ai réussi à prétexter des nombreux déplacements professionnels, notamment à l'étranger, pour qu'ils ne me voient pas comme ça. J'ai tout de même perdu quinze kilos, ça ne passe pas inaperçu, sans parler des cheveux. Et puis, il y a Saint-Jacques. Un rêve. J'avais prévu de partir pour ma retraite. Une dizaine d'années à attendre. Dix ans, ce n'est rien. Et puis, est arrivée la maladie. Dix ans... je ne les avais plus. Dix ans... ce n'était rien et là c'était devenu quelque chose d'énorme. Alors, je suis allé voir mon médecin et lui ai expliqué ce que je voulais faire : partir tout de suite. Partir avant qu'il ne soit trop tard. Partir avant que je ne puisse plus le faire.

Il s'interrompit, le serveur venait prendre leur commande. Il reprit. Il avait commencé à se confier, il fallait qu'il aille au bout, un peu comme un robinet qu'on ouvre lentement jusqu'à avoir le plein débit et qu'il est difficile de refermer.

- Mes toubibs étaient contre mon projet. Mais ma décision était prise. Ils m'ont donné toute une pharmacopée à emmener. Jusqu'à ces derniers jours ça n'allait pas trop mal. Je pense que la chaleur a dû épuiser plus que la marche. Demain, ça devrait aller mieux. Et puis, il me reste quoi... disons mille kilomètres ! Une balade en somme !

Il sourit à cette boutade. Arnaud était particulièrement troublé par le récit de Pierre. Il demanda :

- Tu as informé ta famille de ton voyage ou bien tu es toujours en voyage à l'étranger ?

- Je voyage... à l'étranger. Quand je serai passé en Espagne ce ne sera plus un mensonge.

Il rit de sa plaisanterie.

- Hormis tes médecins, personne ne sait où tu es si je comprends bien ?

- Exact.

Le serveur revint avec leur commande.

- Bon appétit, dit Pierre, ça a l'air sympa.

- Bon appétit, et merci pour ce repas.

- Il n'y a pas de quoi. Ça me fait plaisir. Non, personne ne sait que je suis sur le chemin en pèlerinage. Très peu de personnes connaissent ma maladie, ils auraient été particulièrement inquiets. J'ai dit à tout le monde que j'étais guéri et que pour fêter cela je partais quelque temps en voyage, sans préciser pour autant le type de voyage. J'ai parlé d'un circuit aux États-Unis puis en Australie en demandant à ce qu'on ne m'appelle pas sur mon portable, que ce serait moi qui enverrais des nouvelles. Quand je peux avoir accès à un ordinateur et à internet, j'envoie un courriel que j'ai préparé à l'avance avec quelques photos. Ça maintient l'illusion. À mes enfants je n'ai absolument rien dit, hormis que je bossais à l'étranger. Tu te rends compte que je ne leur ai pas donné de nouvelles depuis plusieurs semaines. Je ne veux pas leur mentir plus que je ne l'ai fait. Mais c'est dur de ne pas avoir de leurs nouvelles.

Sa voix s'était cassée sur cette dernière phrase. Il essuya une larme et essaya de changer de conversation :

- Allez, assez parler de moi. J'aimerai en savoir un peu plus sur toi.

- Peu de choses à dire. J'ai dix-huit ans, je viens d'hériter de mon père. Mes parents étaient divorcés, et ma mère m'a fait croire pendant dix ans que mon père était mort. Avec sa vraie mort cette année j'ai découvert la vérité. Il a fait le pèlerinage de Saint-Jacques. J'essaie de lui rendre hommage en le faisant à mon tour. Mais je crois qu'avant tout ce voyage c'est pour me trouver, moi, de rencontrer les autres et de me réconcilier avec le genre humain après ce que ma mère m'a fait vivre.

- Et la réconciliation se passe bien ?

- Oui, je dirai même de façon extraordinaire. J'ai rencontré des gens formidables, des gens – contrairement à ma mère – qui ne baissent pas les bras, qui choisissent de vivre leur vie, toi par exemple. C'est extrêmement enrichissant sur le plan personnel.

- Oui, le Chemin est source de rencontres fabuleuses, c'est vrai. Il est aussi l'occasion d'être face à une forme de spiritualité. C'est mon premier voyage au long cours à pied, je pense cependant que tout voyage à pied est source de spiritualité et celui-ci est peut-être un peu plus propice de par le poids de l'Histoire.

- Tu as probablement raison. C'est aussi mon premier voyage – et probablement que ce ne sera pas le dernier – et je le ressens comme toi. J'ai croisé d'autres pèlerins qui m'ont dit que tout long voyage à pied était porteur d'une forte spiritualité. Bien sûr, chacun appelle cet état comme il le souhaite, certains vont parler de religion, d'autres juste d'introspection ou de réflexion, peu importe, l'intellect bouillonne quand on marche.

- Oui, il bouillonne...

Ils gardèrent le silence quelques instants, Arnaud reprit la parole :

- Si tu m'y autorises je pourrai faire un bout de route avec toi, qu'en penses-tu ?

- Ce sera avec plaisir, j'aime les conversations que nous

avons pu avoir aujourd'hui, ça devrait m'aider à avancer.

- Tu souhaites partir à quelle heure demain ?

- Voyons, il va être neuf heures – au passage, il faut qu'on y aille si je ne veux pas avoir porte close – je vais pouvoir profiter d'une bonne nuit de repos, disons huit heures devant le gîte, ça te va ?

- Parfait pour moi, ça me fera aussi un peu de repos.

Les deux pèlerins se levèrent, Pierre paya leur repas et ils se dirigèrent tranquillement vers le gîte. Pierre semblait avoir repris du « poil de la bête », il avait perdu le teint « terreux » qu'il avait lorsqu'Arnaud l'avait trouvé. Ils se séparèrent en se souhaitant une bonne nuit. Arnaud reprit la direction du camping. L'état de santé de son nouveau compagnon l'inquiétait, il n'avait pu se résoudre à le laisser repartir seul. Ses pensées allèrent vers Anne, ça faisait quelques jours qu'il ne lui avait pas parlé. La dernière fois c'était elle qui avait appelé, ou plutôt Rémi qui avait souhaité lui raconter ses exploits du jour. Il sortit son téléphone et l'appela en espérant ne pas interrompre une veillée.

Chapitre XIV
L'accident

> *J'ai passé Moissac. Encore des rencontres toutes plus intéressantes les unes que les autres. Hier, c'était un pèlerin qui est descendu par la voie de Tours et qui rentre par la voie du Puy-en-Velay ! Michel m'a rejoint depuis quelques jours. C'est bon de pouvoir partager avec un ami de longue date ces moments extraordinaires. Michel attendait avec impatience de me rejoindre, Mathilde me l'a dit au téléphone. Il comptait les kilomètres que je parcourais sur une carte accrochée au mur dans son bureau ! Ça va le sortir un peu de ses clients. J'aimerais que tu le rencontres, je suis sûr que tu l'apprécierais.*

Depuis deux jours, Arnaud et Pierre cheminaient ensemble. Ils avaient parcouru une dizaine de kilomètres seulement par jour. Arnaud sentait bien que Pierre avaient de plus en plus de difficultés à avancer et il en était de plus en plus inquiet.

- Pierre, j'aimerais que tu réfléchisses à la suite de ton voyage, dit Arnaud, alors qu'ils faisaient une pause.

- Que veux-tu dire ? répondit Pierre le souffle court.

- Je veux juste que tu prennes conscience que continuer va

être particulièrement difficile. Tu as du mal à avancer, tu le sais.

- Oui, je le sais. Mais qu'est-ce-que ça changera pour moi de toute façon, arrêter maintenant ou plus tard ? Et sache que, même si ta compagnie m'est agréable, tu n'es pas obligé de rester avec moi.

Arnaud garda le silence quelques instants.

- Je ne peux répondre à ta question, cependant je te comprends. Et sache à ton tour que je vais continuer avec toi.

Pierre le regarda, un sourire sur les lèvres et une forme de tendresse dans les yeux pour ce grand gaillard dont il pourrait être le père.

- Merci Arnaud. J'apprécie.

Ils burent un peu d'eau en silence. Pierre reprit la parole :

- On continue ?

- Si tu t'es suffisamment reposé, c'est bon pour moi.

Arnaud ramassa le sac de Pierre, le soupesa et le reposa. Il l'ouvrit sans demander pour autant la permission à Pierre et dit :

- Je vais alléger au maximum ton sac, le mien n'est pas plein.

Pierre le regardait sans rien dire, il était de plus en plus surpris par la prévenance et la gentillesse de ce pèlerin rencontré par hasard. Arnaud sortit la nourriture qu'il mit dans son propre sac ainsi que quelques vêtements de rechange et divers objets. Il laissa dans le sac les réserves d'eau ainsi que les différents médicaments rassemblés dans des boîtes étanches. Il soupesa le sac :

- Tu as perdu quelques kilos. Je voudrais faire plus et prendre ton sac mais ce ne serait pas pratique pour marcher.

Il présenta le sac à Pierre afin de l'aider à passer les sangles sur ses épaules.

- Merci Arnaud, c'est déjà beaucoup.

La voix de Pierre tremblotait un peu. Arnaud, après s'être assuré que le sac de son compagnon de route était parfaitement équilibré, ramassa le sien et le jeta sur son épaule. Il sentit tout de suite l'augmentation de poids. Il entreprit alors de régler les différentes sangles afin de parfaitement répartir la charge sur les épaules et le bassin. Il ramassa les bâtons et tendit à Pierre le sien.

- Allez en route, dit Pierre en partant d'un bon pas afin de montrer à Arnaud que tout allait bien.

Ils marchèrent en silence pendant un long moment puis Pierre reprit la parole :

- Ce qui me pèse le plus c'est de ne pas avoir de nouvelles des enfants.

- Pourquoi ne les appelles-tu pas ?

- Non. Premièrement ils sont en vacances et je ne veux pas les leur gâcher. Deuxièmement, je pense que je ne pourrais pas cacher mon émotion en les entendant et je ne veux pas les inquiéter. Je ne veux pas qu'ils me voient malade et affaibli.

- Je comprends. Cependant, c'est ton souhait, as-tu pensé au leur ? Ils ont peut-être besoin de savoir, ils souhaiteraient peut-être te soutenir d'une façon ou une autre. Peut-être que tu te sentirais plus fort ainsi. Et peut-être qu'ils t'en voudront si demain il t'arrivait quelque chose. Qu'ils n'auraient pas eu l'occasion de te dire certaines choses qu'on ne peut dire que dans certaines circonstances ?

Pierre écoutait la tête baissée, concentré sur son effort et les paroles d'Arnaud.

- J'y ai souvent pensé, je n'ai pas la réponse... Peut-être as-tu raison. Je devrais les appeler. C'est difficile.

Il poussa un long soupir. La décision à prendre lui demandait un gros effort et le submergeait d'une émotion intense. Il garda encore un moment le silence, puis :

- Ce soir, au gîte, je les appellerai.

- C'est la décision que j'aurai prise.

Ils continuèrent ainsi jusqu'en début d'après-midi. Ils avaient dû parcourir cinq ou six kilomètres depuis le matin. Arnaud sentait le poids du sac, alourdi des affaires de Pierre, lui cisailler les épaules. Pierre, n'était pas en grande forme, Arnaud le constatait, il avait de plus en plus de mal à lever les pieds convenablement et butait sans cesse sur les pierres du chemin. Le garçon se tenait prêt en permanence à le rattraper. Pierre reprit la parole :

- Il y a une chose que je souhaiterais si je ne pouvais pas terminer ce voyage.

- Et c'est quoi ?

- Être incinéré et que tu amènes mes cendres à Compostelle, ainsi j'aurai fait le pèlerinage.

- Pierre, ne parle pas comme ça, s'il te plaît !

- Pourquoi ? Il est normal d'en parler et de plus tu es la seule personne à qui je peux le dire.

- Bien sûr, mais ce jour est encore loin, ne t'inquiète pas. Je vais faire le point sur la carte, attends.

Arnaud voulait changer de conversation. Il s'arrêta et sortit le topo-guide afin de vérifier leur position. Pierre de son côté continuait à marcher. Avait-il entendu Arnaud ? Était-il perdu dans ses pensées ? Arnaud n'avait pas remarqué qu'il s'éloignait de lui. Une nouvelle fois, ses pieds butèrent sur une pierre, Arnaud étant en arrière ne put le retenir. Pierre tomba en avant entraîné par son sac. Il ne chercha pas à amortir sa chute en se protégeant avec les mains. Sa tête tapa sur une pierre du bas-côté.

Arnaud s'était mis à courir dès qu'il avait entendu Pierre trébucher, jetant au sol le guide qu'il avait à la main. Il arrivait sur son compagnon au moment où celui-ci s'effondrait au sol. Il le retourna avec précaution en criant son nom. Du sang maculait le côté droit de son visage coulant d'une large plaie au-dessus de la tempe. Arnaud chercha immédiatement son pouls, il battait faiblement. Il ôta son sac et en sortit son matelas ainsi qu'une couverture de survie. Il enleva le sac de Pierre, installa son matelas à l'ombre et y installa Pierre couché sur le côté et le recouvrit de la couverture.

Il prit son téléphone et appela les pompiers en même temps il courut récupérer son topo-guide. Heureusement, la zone était couverte par le réseau téléphonique. Il donna toutes les précisions nécessaires pour que les pompiers puissent arriver le plus rapidement possible. Son interlocuteur connaissait les lieux d'après les détails qu'il ajoutait à la description d'Arnaud.

- Le blessé est malade, il est cancéreux et sous traitement, il est tombé sur le chemin et s'est cogné la tête sur le côté droit au-dessus de la tempe, il y a une large plaie qui saigne de façon assez importante, le pouls est faible, très lent.

- Essayer de le mettre à l'ombre.

- C'est fait, je l'ai installé sur un matelas en position latérale et recouvert avec une couverture de survie. Qu'est-ce-que je peux faire pour la plaie, ça saigne pas mal ?

- Avez-vous un linge propre ? Si oui posez-le sur la plaie.

- OK, dans combien de temps serez-vous là ? Je suis très

inquiet.

- Le 4x4 est déjà parti, je pense que dans quinze minutes il sera sur site. Vous êtes de la famille ?

- Non, ami. Nous marchons ensemble depuis quelques jours.

- Si vous le souhaitez, vous pourrez l'accompagner, il y a la place dans le véhicule.

- OK, j'attends vos collègues. Je viens de poser un mouchoir sur la plaie, je la maintiens en place. Il me semble que le saignement ralentit.

- OK, continuez comme ça, la voiture arrive et je préviens l'hôpital de Pau que votre ami est sur la route.

Arnaud raccrocha, il regarda Pierre. Sa respiration était à peine perceptible. Il s'en voulait de s'être arrêté et de ne pas avoir vu que Pierre, lui, continuait. Il sortit un mouchoir de son sac et le mouilla avec l'eau de la gourde de Pierre qui était tombée pendant la chute. Il humidifia son visage afin de le rafraîchir. Il ne réagissait toujours pas. Il reprit son pouls en glissant ses doigts sous son col. Toujours faible. Il s'assit à côté en maintenant d'une main le mouchoir sur la plaie.

Il entendit le véhicule des pompiers alors qu'il était encore assez éloigné. Il comprenait qu'il devait rouler très vite. Moins de quinze minutes s'étaient écoulées depuis l'accident. Arnaud se leva et ramassa les sacs qui auraient pu gêner les secours et les mit sur le côté. Très rapidement, les pompiers s'occupèrent de Pierre. Ils étaient arrivés rapidement car le médecin était déjà à la caserne rentrant d'une autre intervention. Ce dernier ausculta rapidement Pierre, examina la plaie en faisant la grimace.

- Vous avez parfaitement agi en l'installant comme vous avez fait.

- Comment va-t-il ? s'inquiéta Arnaud.

- Pas très bien, la plaie semble sérieuse, je soupçonne un traumatisme crânien et il ne semble pas en excellente condition physique. Ça s'est passé il y a combien de temps ?

Arnaud regarda sa montre

- Une quinzaine de minutes... Il a un cancer, il se savait condamné. Ce pèlerinage est un peu un baroud d'honneur pour lui.

- Je comprends. Nous l'emmenons à Pau, vous souhaitez l'accompagner ?

- Oui, votre collègue au téléphone m'a prévenu. Je viens avec vous, je ne peux pas le laisser.

- Très bien. Nous allons le mettre sous oxygène afin de l'aider pendant le transport.

Pendant qu'il parlait il avait fait une intraveineuse. Ils installèrent Pierre sur une civière et chargèrent celle-ci dans le véhicule. Arnaud ramassa les sacs qu'un pompier chargea à l'arrière et montèrent tous dans le véhicule qui redémarra et roula à une vitesse nettement inférieure qu'à l'aller.

L'ambulance mit plus d'une demi-heure pour arriver à l'hôpital. Arnaud récupéra les sacs afin de laisser la place aux secouristes et descendit. Pierre fut pris en charge immédiatement. Le médecin se tournant vers Arnaud, lui dit :

- Occupez-vous de l'admission à l'accueil, on s'occupe de lui, ne vous inquiétez pas.

Il se voulait rassurant, mais Arnaud avait cru déceler de l'inquiétude chez eux également.

- OK, merci.

L'ambulance s'éloigna pour laisser la place à une autre. La civière portant Pierre disparut dans le dédale des couloirs des urgences. Arnaud, seul, sentit une chape lui écraser les épaules, perdu face à l'accident de son ami. Perdu et inquiet d'autant plus que quelque temps auparavant, Pierre évoquait avec beaucoup de lucidité sa mort et ses dernières volontés. Les yeux d'Arnaud commençaient à s'embuer. Il se ressaisit. Il devait assurer la partie administrative et enregistrer l'entrée de Pierre. Il se rendit compte tout à coup qu'il ne connaissait quasiment rien de lui, même pas son nom de famille. Il prit les sacs à dos et se dirigea vers un banc près d'une pelouse. Il ouvrit celui de Pierre et chercha le portefeuille qu'il avait vu tout à l'heure. Il le prit et l'ouvrit.

Pierre était quelqu'un d'ordonné. Il trouva immédiatement la carte d'identité, la carte vitale, la carte de mutuelle, carte de groupe sanguin. Il se dirigea vers la jeune femme installée de l'autre côté de la banque d'accueil, toujours encombré par les deux sacs :

- Bonjour.

- Bonjour, c'est pour une admission ?

- Oui, l'ambulance des pompiers vient de déposer un ami. J'ai ses papiers.

- Donnez, je vais m'en occuper, dit-elle en tendant la main vers les papiers et devant l'air abattu d'Arnaud elle ajouta, il est entre de bonnes mains, ne vous inquiétez pas.

- Merci.

- Vous pouvez attendre là-bas (elle indiquait une salle d'attente), je vous ramène les papiers dès que j'ai fini.

- Très bien merci.

Il se dirigea vers les sièges et choisit de s'installer dans un coin de la pièce ainsi il put ranger ses sacs sans gêner personne. Les circonstances de l'accident ne cessaient de le hanter.

Pourquoi s'était-il arrêté sans attendre que Pierre en fasse autant ? Il se remémorait leurs dernières discussions, emmener les cendres à Compostelle et téléphoner aux enfants.

Les enfants, qui ne se doutaient de rien. Les enfants ? Peut-être que dans le portefeuille, Arnaud pourrait retrouver des traces. Il le reprit et en sortit le contenu. Les autres personnes présentes dans la salle et attendant de se faire soigner le regardèrent, un peu surpris, étaler le tout sur son sac à dos retourné. Rien ! Même pas une photo. Arnaud réfléchissait comment les prévenir. Soudain il pensa à Mathilde et Maître Favre. Ils devaient avoir l'habitude de rechercher des personnes dans le cadre des successions un peu compliquées. Il devait attendre que la secrétaire de l'accueil lui rende la carte d'identité. Il se souvenait du nom : Pierre Morange, mais il n'avait pas fait attention à l'adresse au dos de la carte.

Il regardait les papiers éparpillés sur son sac quand il remarqua la carte d'électeur. Il prit son téléphone.

- Allo, Mathilde ? C'est Arnaud ?

- Arnaud, je suis contente de t'entendre. Comment vas-tu ? Petit à petit, Mathilde avait commencé à tutoyer Arnaud.

- Ça peut aller, mais j'ai un souci et j'ai besoin de votre aide de façon urgente.

Arnaud s'exprimait très rapidement. Il lui raconta les circonstances de la rencontre avec Pierre et celles de l'accident. Il lui parla aussi de ses inquiétudes.

- Pierre a deux enfants, il est divorcé et il n'en a pas la garde. Depuis six mois qu'il est malade, il a pris du recul par rapport à sa fille et son fils. Je crois avoir compris que la fille est plus âgée que le fils. Étant donné son état de santé, je pense qu'il serait bon de les mettre au courant, d'autant qu'il allait les appeler ce soir s'il n'y avait pas eu cet accident. Il faut que nous les trouvions. Ils ont le droit de savoir.

- Tu as leur nom et adresse. ?

- Non, j'ai le nom du père et une adresse sur sa carte d'électeur.

- Très bien, donne-moi déjà ça et je vois ce que je peux en faire.

Arnaud lui donna les détails, Mathilde allait en parler à Maître Favre et cherchait en parallèle. La personne de l'accueil s'approcha d'Arnaud et lui tendit les papiers.

- Tenez, l'admission est faite. Ça peut prendre un peu de temps avant que nous ayons des nouvelles. Vous pourriez peut-être rentrer chez vous, on vous appellera quand on aura du nouveau.

- Je ne suis pas d'ici, Arnaud montra les sacs à dos, puis-je attendre ici tout de même.

- Bien sûr. Par contre si vous pouvez venir remplir une fiche avec vos coordonnées, ce qu'on appelle « la fiche personne à prévenir ».

Arnaud la suivit et remplit le formulaire en se disant qu'il aimerait ne jamais être prévenu.

- Pierre Morange a un cancer, j'ai tous ses médicaments dans son sac, je pense que le médecin devrait en prendre connaissance.

- Oui, vous avez raison. Pouvez-vous me les donner ?

Il rejoignit les sacs et récupéra les boîtes de Pierre qu'il remit à la jeune femme.

Après toute cette tension, il eut soudain envie d'un café et se dirigea vers un distributeur. Il allait devoir attendre que les médecins puissent lui faire un état global de la situation de son ami. Il rangea les papiers toujours sur le sac à dos et installa son coin afin de passer au mieux le long moment qu'il avait devant lui. Mathilde et Maître Favre allaient-ils retrouver à temps les enfants de Pierre ?

La soirée était bien avancée et Arnaud n'avait toujours pas de nouvelles de son ami. Plusieurs fois il avait essayé d'en avoir à l'accueil, en vain. Il commençait à somnoler lorsque son téléphone vibra.

Chapitre XV
L'hôpital

C'est bon de cheminer avec Michel. Dommage qu'il ne puisse rester qu'une semaine. Au fil des kilomètres nous refaisons le monde ! Tout y passe : la politique, la société, les « gens »... Nous ne voyons même pas les kilomètres défiler. Nous devons tenir une moyenne d'une trentaine de kilomètres par jour. Michel n'en revient pas ! Il va m'accompagner jusqu'à la frontière.

- Arnaud ? C'est Anne. Tu vas bien ?

- Ça va, et toi ?

- Ça peut aller. Dis-moi, je viens d'avoir un drôle de coup de téléphone. Tu connais une nommée Mathilde, qui a une voix très particulière, très chaleureuse ?

- Oui, tout à fait c'est une amie. Pourquoi t'a-t-elle appelée ?

- Elle m'a dit que c'était au sujet de mon père et que je devais appeler ton numéro, ou du moins elle m'a donné un numéro et j'ai tout de suite reconnu le tien.

Arnaud ne put prononcer le moindre mot. Le décor de la salle d'attente s'assombrit, il ne percevait plus les sons qui l'entouraient. Il entendait comme sur un disque rayé cette phrase en boucle « au sujet de mon père ».

- Arnaud ? Tu es là ? Arnaud, tu m'entends ?

Il refit lentement surface.

- Oui, je suis là. Anne, quel est ton nom de famille ?

Arnaud venait de prendre conscience qu'il ne le connaissait pas.

- Morange, pourquoi ?

Anne était de plus en plus surprise. Arnaud marqua une pause, comprenant que Mathilde ne s'était pas trompée. Il aurait préféré qu'elle l'appelle avant. Elle ne pouvait pas savoir, cependant, qu'ils pouvaient se connaître.

- Anne, j'ai une mauvaise nouvelle. Je suis avec ton père depuis trois jours.

- Ce n'est pas possible, il est à l'étranger pour son job ! Et puis tu ne le connais pas.

- Non, il n'est pas à l'étranger. Anne... ton père est malade depuis plusieurs mois... Il n'a pas voulu vous inquiéter avec son état de santé et a préféré vous le cacher, à toi et Rémi... Il a un cancer.

Le mot était lâché.

- Mais ce n'est pas possible.

Anne pleurait maintenant face à la réalité.

- Où est-il, et où es-tu ? réussit-elle à articuler entre deux sanglots.

- Nous sommes à l'hôpital de Pau depuis le milieu de l'après-midi. Ton père a eu un accident sur le Chemin.

- Mais qu'est-ce-qu'il fait sur le Chemin ? Tu m'as dit qu'il est malade ?

Anne était totalement déboussolée devant ce flot d'informations nouvelles.

- Anne, ton père avait un rêve : aller à Compostelle, peut-être t'en a-t-il parlé ?

- Non, il n'en a jamais rien dit !

Elle ne parvenait plus à retenir ses pleurs. Elle parvint à articuler :

- Tu penses, si je l'avais su, je serais partie avec lui ! dit-elle entre deux reniflements.

- Je me doute. Il a décidé de le faire avant qu'il ne soit trop tard pour lui. Te serait-il possible de partir pour Pau tout de suite ?

- Oui, bien sûr.

- Il serait peut-être bien d'amener Rémi. Qu'en penses-tu ? Ta mère peut peut-être vous accompagner ?

- Oh ! Tu sais, ma mère et mon père c'est terminé depuis longtemps. Je vais tout de même lui poser la question... Arnaud ? Dis-moi si c'est vraiment la fin.

- Je ne sais pas. Ce que je peux te dire c'est que ces derniers jours il était particulièrement faible et aujourd'hui il est tombé sur une pierre, il est blessé à la tête. Je ne te cache pas que je suis inquiet, les médecins aussi.

Après cette annonce, elle garda le silence quelques instants. Arnaud pouvait entendre les sanglots qui serraient la gorge de son amie. Elle reprit cependant la parole :

- Je m'occupe d'un nouveau groupe. Rémi est, quant à lui,

rentré chez maman depuis une semaine. Je vois pour quitter le camp. Je t'envoie un message pour te dire quand nous arriverons.

- D'accord, je vais regarder pour trouver un hôtel proche de l'hôpital. Soyez prudents sur la route.

- Oui, elle marqua une pause. Merci Arnaud pour ce que tu fais.

- Je ne pouvais pas laisser Pierre seul sur ce chemin. Il avait besoin d'aide.

- Bien sûr... Je t'appelle dès que nous sommes organisés.

Ils raccrochèrent. Anne resta quelques instants sans pouvoir faire le moindre geste. Elle avait le sentiment que son cerveau venait de se bloquer, incapable de prendre la moindre initiative. Enfin, elle se ressaisit, secoua la tête comme pour chasser un mauvais rêve. Elle reprit son téléphone et appela sa mère.

- Allo, maman ?

- Oui, Anne, qu'as-tu ? Tu as pleuré ?

- Maman, c'est papa...

Elle ne put aller plus loin. Après deux gros sanglots, elle réussit de nouveau à articuler :

- C'est papa, il a eu un accident. Un ami est avec lui. Arnaud, on t'en a parlé avec Rémi.

- Attends Anne, je ne comprends pas. Tu as dit que ton ami partait à Compostelle. Ton père est à l'étranger. Comment peuvent-ils être ensemble ?

- Non, maman. Papa est en France... Il est malade depuis plusieurs mois. Un cancer...

Sa voix se cassa sur ce dernier mot. Elle parvint à reprendre la maîtrise de celle-ci :

- Maman, il faut que nous allions à Pau, à l'hôpital.

Sa mère garda le silence quelques instants. Temps nécessaire pour elle pour intégrer les nouvelles que sa fille lui donnait.

- Ne quitte pas, je vois avec Roger, comment on peut faire.

Anne entendit que sa mère parlait avec son beau-père, elle ne comprit pas cependant ce qui se disait.

- Anne ? Tu es là ?

- Oui, maman.

- Nous arrivons. Nous partons maintenant, le temps de charger la voiture. Nous prenons des affaires pour deux, trois jours. De ton côté, tu peux te faire remplacer ?

- Je vais voir avec le responsable du camp. Je ne pense pas qu'il y aura de problèmes.

- OK, tiens-toi prête à partir. On te prend au passage. Nous serons à Pau en début de matinée si nous roulons toute la nuit, nous nous relaierons avec Roger pour conduire.

- Merci maman. Vous m'appelez quand vous arrivez.

- À tout à l'heure.

Anne était surprise par la réactivité de sa mère. Et si elle avait bien compris, son beau-père aussi venait. Les rapports entre les trois adultes n'avaient jamais été très simples, cependant, elle était reconnaissante, que, dans la situation présente, ils arrivent à dépasser leurs différents.

Arnaud de son côté, s'était renseigné pour réserver des

chambres d'hôtel pour le lendemain. Cette nuit, il avait décidé de la passer à l'hôpital. Un médecin s'approcha de la jeune femme de l'accueil et lui parla. Elle désigna Arnaud du doigt. L'interne se dirigea vers lui.

- Vous êtes un ami de Monsieur Morange, je crois ?

- Oui. J'étais avec lui, lors de son accident. Comment va-t-il ?

- Il a quitté les urgences, nous l'avons installé dans une chambre. Je ne vous cache pas que son état est sérieux.

- La blessure ? voulut savoir Arnaud.

- Non, la blessure n'est pas inquiétante. Nous soupçonnions un traumatisme crânien eu égard à son état, mais il n'en a pas. Elle est plus impressionnante que grave. Non, c'est son état général qui nous préoccupe. Malgré les traitements qu'il prenait son cancer a continué son développement. Vous avez dû constater une grande faiblesse ces derniers jours ?

- Oui, effectivement. Je lui avais même demandé d'arrêter son voyage et de consulter un médecin.

- Je comprends. Vous souvenez-vous des circonstances de l'accident ?

- Oui, je m'étais arrêté pour vérifier la carte en lui demandant de s'arrêter. Je restais en permanence à sa hauteur pour pouvoir le rattraper en cas de problème. Il ne s'est pas arrêté et a continué à marcher. Je ne sais pas s'il m'avait entendu. Et puis il est tombé, ses pieds ont dû buter dans une pierre.

- Je pense qu'il a eu un malaise. C'est pour ça qu'il est tombé sur la tête. Il n'a pas cherché à se protéger avec les mains. D'ailleurs, nous n'avons relevé aucune écorchure sur celles-ci. Même si vous aviez été à ses côtés, il n'est pas certain que vous auriez pu changer quoi que ce soit.

- A-t-il une chance de s'en sortir ?

- La possibilité existe toujours. Mais il s'est beaucoup affaibli, il a pompé dans ses réserves. Il va falloir attendre un peu. Pour l'instant, nous l'aidons à supporter au mieux la situation.

- A-t-il repris conscience ?

- Oui, il a émergé à deux ou trois reprises.

- Est-il possible de le voir ? J'aimerais passer la nuit dans sa chambre si c'est possible.

- Oui, on va vous arranger ça, je vais en parler aux infirmières. Savez-vous s'il a de la famille, des enfants peur-être ?

- Oui, deux. Anne et Rémi.

- C'est bien ce que je pensais. Il les a appelés à un moment.

- Je les ai contactés, ils vont venir.

- Très bien.

Le médecin s'éloigna, donna des instructions à des infirmières qui arrivaient dans sa direction. Elles s'approchèrent d'Arnaud.

- On va vous mener à la chambre de Monsieur Morange.

- D'accord. Un instant, je prends mes sacs.

Arnaud regagna le coin de la salle d'attente où il avait établi son petit « campement ». Il jeta son sac sur son épaule et porta par la poignée celui de Pierre. Il suivit l'infirmière qui l'attendait. L'autre était déjà partie.

- Vous êtes de la famille ? voulut-elle savoir.

- Non, un ami, compagnon de marche.

- Oui, je me doutais en voyant vos chaussures et votre sac.

Ils suivirent un dédale de couloirs et montèrent par l'ascenseur au cinquième étage. Ils pénétrèrent dans une chambre, accueillis par le « bip-bip » du monitoring. Pierre était allongé sur le lit. Il émanait de sa personne un sentiment de fragilité. Il donnait l'impression qu'il ne devait son souffle de vie qu'aux tuyaux plantés dans son bras et aux fils électriques qui sortaient par le haut de la chemise d'hôpital. Arnaud dut s'arrêter à l'entrée de la chambre, ses pieds refusaient de le porter plus en avant. L'infirmière se retourna vers lui et elle perçut son trouble. Elle voulut le mettre à l'aise :

- Vous avez un fauteuil près de la fenêtre, le dossier s'incline. Ce n'est pas excessivement confortable, mais c'est mieux qu'une chaise pour passer la nuit... Je vais devoir vous laisser. Si vous constatez quoi que ce soit, appelez-nous.

Elle se dirigea vers la tête de lit et indiqua la sonnette.

- Je dois rejoindre les autres malades.

- Merci, dit Arnaud qui surmontait peu à peu son trouble.

Elle referma la porte derrière elle sans faire de bruit. Il se retrouva seul. Il rangea ses sacs dans un coin de la pièce et s'installa dans le fauteuil. Il regarda Pierre et prit sa main dans la sienne. Il resta un long moment ainsi tenant la main de son ami quand son téléphone indiqua qu'il avait reçu un message. C'était Anne qui lui indiquait qu'ils arriveraient vers huit heures du matin. Il lui répondit pour la rassurer qu'il était au chevet de son père et que ça allait.

- Ils arrivent, dit-il comme à lui-même.

Il sentit une faible pression des doigts de Pierre sur sa main. En réponse, Arnaud serra un peu cette main décharnée et une larme coula le long de sa joue.

Lentement, Arnaud glissa dans une sorte de somnolence, aidé par la faible clarté de la pièce. Les infirmières venaient vérifier toutes les heures l'évolution de l'état de Pierre ainsi que les flacons des perfusions. Son état ne présentait aucun signe d'amélioration. Arnaud repassait en boucle les circonstances de l'accident. Le médecin lui avait indiqué qu'il avait probablement fait un malaise. S'ils avaient fini cette étape peut-être que Pierre aurait fait ce malaise pendant la nuit, alors seul dans sa chambre et sans secours immédiat ? La tension de la journée et cette nuit qui s'étirait à n'en plus finir eurent raison d'Arnaud, il s'endormit.

Il était à nouveau dans la forêt boréale en compagnie de la louve aux yeux gris. Ils se dirigeaient vers le sommet d'une colline dénudée. La louve avait l'air de connaître le chemin. Arnaud se demandait ce qu'ils allaient trouver là-haut. En quelques foulées souples, ils y arrivèrent et dominèrent les étendues alentour. La louve se dirigea vers une forme grise allongée au sol. Arnaud s'approcha. C'était un grand loup gris, âgé d'après ce qu'il pouvait constater. La louve s'assit à côté. Elle jeta un regard sur la forêt qui les entourait, rejeta la tête en arrière, entrouvrit les lèvres et lança un cri en direction du ciel étoilé au-dessus d'eux. Un appel qui depuis la nuit des temps honorait la mort des proches.

Arnaud se réveilla en sursaut, cherchant à situer où il se trouvait. Il fit le tour de la pièce du regard et aperçut Pierre. Tout lui revint en mémoire. Il était ankylosé d'avoir dormi sur ce fauteuil. Il jeta un œil aux écrans, les signes vitaux étaient toujours stables. Pierre semblait dormir. Arnaud se leva, s'étira et fit quelques pas afin de rétablir convenablement la circulation dans ses membres. Il regarda sa montre : sept heures. Il bailla, sortit de la chambre et se dirigea vers les distributeurs de boisson. Il prit un café et alla prendre l'air à l'entrée de l'hôpital. L'air frais du petit matin lui fit du bien. Il inspira profondément et sentit cet air nouveau revigorer chacune de ses cellules, il avait le sentiment de « prendre une douche de l'intérieur ». Il sirota lentement son café en écoutant le pépiement des oiseaux dans les arbres du parc ainsi que les bruits de la ville, monstre aux mille têtes en train de se réveiller.

Il déposait son gobelet dans une corbeille, lorsqu'il entendit, derrière lui, une petite voix qu'il connaissait, crier son nom. Il se retourna, juste à temps pour recevoir dans ses bras Rémi qui se blottit contre lui, secoué par des sanglots.

- Salut, mon bonhomme.

- Salut, dit-il en reniflant.

Anne approchait, suivie de sa mère et son beau-père. Elle se blottit aussi contre sa large poitrine. Après quelques instants, elle s'éloigna de lui, essuya les larmes qui avaient rougis ses magnifiques yeux gris et se tourna vers sa mère en disant :

- Maman, Roger, je vous présente Arnaud dont je vous ai parlé, nous nous sommes rencontrés au Puy. Arnaud, ma mère et mon beau-père.

Arnaud serra les mains qui se tendaient.

- Nous vous sommes reconnaissants de nous avoir prévenus.

- Je vous en prie, j'aurais souhaité faire votre connaissance dans d'autres circonstances.

- Comment va-t-il ? demanda Anne.

- Son état est stationnaire. La nuit a été calme. Je l'ai veillé. Allons le rejoindre, le médecin ne devrait pas tarder à faire ses visites.

Arnaud les guida jusqu'à la chambre de Pierre. Les infirmières étaient en train de changer les flacons de perfusion.

- Comment va-t-il ? demanda immédiatement Arnaud.

- Pas d'évolution. Ses fonctions vitales restent stables.

- Vous savez à quelle heure passe le médecin ?

- Bientôt, il est au bout du couloir.

- Merci.

Elle sortit. Ils se retrouvèrent seuls entourant le lit. Rémi était blotti tout contre sa sœur, n'osant pas regarder son père sur ce lit d'hôpital. Arnaud surprit une larme sur la joue de la mère des enfants. Anne se mit à genou et prenant la main de son père elle la mit contre sa joue et pleura en silence.

Après quelques minutes, la mère, en s'essuyant les yeux dit, à Rémi :

- Veux-tu redescendre avec nous ? Pour prendre un peu l'air ?

Le gamin s'était également agenouillé pour pouvoir rester collé à sa sœur. Il secoua la tête en signe de négation. Le couple sortit, laissant seuls les deux enfants en compagnie d'Arnaud. Ce dernier avait posé sa main sur les cheveux d'Anne et lentement les caressait comme il le ferait pour mettre en confiance et calmer un animal. Il se souvint du rêve de la nuit et une grosse larme roula sur sa joue. Il s'approcha de Rémi :

- Viens mon grand, relève-toi.

Le gamin se redressa et se blottit contre lui, qui s'était mis à genou pour être à sa hauteur.

- Pleure, c'est normal, il ne faut pas avoir honte de tes larmes.

Après quelques sanglots, il redressa enfin la tête, prêt à affronter la vision de son père alité. Arnaud lui tendit un mouchoir afin qu'il s'essuie et se mouche. Il se tourna enfin vers son père et imitant sa sœur il prit l'autre main de son père et la mit contre son visage. Il pleurait en silence, apaisé. Arnaud ne savait comment aider ses deux amis, si fragiles et perdus à l'instant présent. Au pied du lit, il observait la scène quand il vit les paupières de Pierre bouger. Lentement, ce dernier tourna la tête à droite puis à gauche pour observer ses deux enfants. Un triste sourire se dessina sur ses lèvres. Il regarda Arnaud et dit faiblement :

- Merci.

Anne et Rémi redressèrent la tête, leur visage baigné de larmes.

- Papa ! dit Anne des trémolos dans la voix.

- Vous êtes venus. Je voulais vous voir une dernière fois et m'excuser de vous avoir négligés ces derniers temps.

Anne serra un peu plus fort sa main.

- Tu n'as pas à t'excuser. C'était ton choix.

- Je vous aime, mes enfants. Vous êtes ce que j'ai de plus cher au monde. Je n'ai pas su vous donner la vie que vous pouviez souhaiter. J'espère cependant que celle que vous choisirez vous comblera.

Il regarda en souriant alternativement son fils et sa fille :

- Prenez soin l'un de l'autre, vous avez toujours été très proches, ne perdez pas ce trésor.

Il ferma les yeux, épuisé par les quelques phrases qu'il avait prononcées.

- Je t'aime papa, dit Anne.

- Moi aussi, papa, je t'aime, dit Rémi ses paroles à moitié étouffées par de gros sanglots.

Pierre rouvrit les yeux et regarda Arnaud toujours en face de lui au pied du lit :

- Tu te souviens ce que je t'ai demandé quand nous marchions ? D'emmener mes cendres à Compostelle ?

- Oui Pierre.

- Je voudrais que tu ailles les éparpiller au *cap Finisterre*[4]... Dans le vent de l'Atlantique... Promets-le-moi Arnaud.

Arnaud avait du mal à articuler. Son visage ruisselait de larmes. Il parvint enfin à aligner quelques mots :

- Oui, Pierre, je te le promets.

Il ferma les yeux. Il était apaisé. Les quelques paroles prononcées l'avaient épuisé, d'autant plus qu'il sentait qu'il avait peu de temps devant lui pour faire passer les quelques messages qu'il voulait transmettre. Il était retombé dans l'inconscience. Le médecin entra. Il jaugea la scène d'un regard.

- Il vient de reprendre conscience juste au moment où ses enfants sont arrivés, dit Arnaud en s'essuyant les yeux. Il a réussi à parler un peu, mais il était très faible.

- Je vais l'ausculter. Excuse-moi mon bonhomme, tu peux aller de l'autre côté avec ta sœur, dit-il à l'intention de Rémi.

Le gamin fit le tour du lit. Le médecin, quant à lui, auscultait son patient.

- Le cœur est faible.

Anne, reprenant un peu le contrôle de ses émotions

---

4 Le *Cap Finisterre* est un promontoire de granite qui culmine à 600 m au-dessus de l'Atlantique. C'est la destination finale pour de nombreux pèlerins de Compostelle. Situé à environ 90 km de la cathédrale, il est de tradition pour le pèlerin, à l'issue de son pèlerinage, d'y brûler vêtements et chaussures.

s'approcha du médecin.

- Peut-il s'en sortir, docteur ?

- Vous savez, il est très faible. Son cancer a pris un développement très important et on ne peut faire quoi que ce soit étant donné son état de faiblesse. Nous l'aidons à supporter au mieux la situation mais la machine est bien usée, si je puis dire. Vous devez vous attendre au pire.

À ces mots, deux grosses larmes coulèrent de ses yeux. Le médecin enchaîna :

- Mais il faut garder l'espoir. On a déjà eu de bonnes surprises. Votre présence peut également l'aider à combattre son mal.

Il mit ses deux mains sur les épaules d'Anne.

- Soyez forte. Nous y verrons plus clair dès ce soir probablement.

- Merci, dit Anne d'une petite voix.

- Je vous laisse, je dois voir les autres patients. Je repasserai en début d'après-midi.

Il sortit, les laissant seuls avec leurs interrogations. Anne s'approcha d'Arnaud et pleura doucement sur son épaule. Arnaud repensa à la théorie de la bulle de Jo qui lui permettait d'expliquer les hasards du Chemin. Il avait entre les bras une nouvelle preuve que cette théorie se vérifiait. Comment expliquer autrement que ce soit lui, Arnaud, qui ait rencontré Pierre, alors qu'il était dans une situation difficile ? Les infirmières entrèrent pour faire les soins de Pierre et demandèrent au trio de sortir. Le frère et la sœur se laissèrent guider par leur ami. Ils avaient tous besoin de prendre un peu l'air. Ils retrouvèrent la mère et le beau-père des enfants.

- Alors ? demanda la mère à Anne.

- Il a repris conscience, il nous a un peu parlé. Il était très faible.

Elle ne put continuer, elle poussa comme un hurlement et dit à sa mère :

- Je crois qu'il va mourir !

Le cri qu'elle avait poussé rappela à Arnaud le rêve qu'il avait fait cette nuit. Elle se jeta dans les bras de sa mère qui entreprit de lui caresser les cheveux afin de la consoler sans pour autant trouver de paroles réconfortantes. Rémi de son côté s'accrochait désespérément à Arnaud. Le beau-père, quant à lui, restait un peu à l'écart de la scène. Arnaud entraîna Rémi vers un banc et put ainsi le consoler. Ils restèrent ainsi longuement. Roger ramena tout le monde à la réalité en disant qu'ils devaient s'organiser pour pouvoir passer la journée.

- J'ai réservé deux chambres pour vous dans un hôtel, juste à côté. J'en ai une aussi.

- Merci, c'est gentil, dit Roger.

Il se tourna vers sa femme :

- On va y aller, la route cette nuit a été fatigante. Les enfants vous venez ?

- Rémi, tu vas venir avec nous, il faut que tu te reposes un peu, dit sa mère.

Le gamin se décolla lentement d'Arnaud, qui lui donna un mouchoir en papier afin qu'il s'essuie.

- Anne ? Tu nous accompagnes ? ajouta sa mère.

- Non, si tu le permets, je vais rester encore un peu.

- Très bien.

Tous les trois se dirigèrent vers le parking afin de reprendre la voiture. Anne et Arnaud se retrouvèrent seuls. Il passa un bras autour de ses épaules et l'entraîna à l'intérieur en direction de la chambre de son père.

Chapitre XVI
Le décès

Nous avons rencontré hier un groupe de marcheurs, pas des pèlerins, juste des marcheurs en vacances dans la région. On a passé la journée ensemble. Michel est surpris de la facilité avec laquelle les personnes croisées entrent en communication avec nous. J'ai ma petite théorie là-dessus : notre équipement, notamment le sac à dos et la coquille est le vecteur qui incite « l'autre » à nous parler. Dans notre société urbaine, les gens se croisent, se côtoient, partagent un même espace... et ont des difficultés à se parler. Ici, sur le chemin, c'est différent : la peur de l'autre disparaît. C'est vrai sur ce chemin, mais c'est également vrai sur tous les chemins lorsqu'on randonne. C'est curieux d'imaginer qu'autrefois, on se méfiait des personnes, l'étranger, se déplaçant à pied de village en village. Aujourd'hui, c'est l'inverse : on se méfie de son « voisin » en ville, et on n'a aucune crainte de l'inconnu en action de randonnée croisé sur un chemin.

Depuis trois jours, Pierre luttait sur son lit d'hôpital. Aucune amélioration, cependant, n'avait été relevée par les médecins. Roger, Rémi et sa mère était repartis. Ils ne pouvaient rester plus longtemps. Anne, demeurait seule avec Arnaud. Ce dernier essayait de la soutenir du mieux qu'il pouvait.

Une certaine habitude s'était instaurée dans les visites que les deux amis faisaient au père d'Anne. Les médecins et les infirmières avaient réussi à les dissuader de passer toutes les nuits à l'hôpital en leur faisant comprendre qu'ils avaient besoin de vrai repos ainsi que de vraie nourriture. Ils ne passaient donc que la journée dans la chambre de Pierre.

Ils attendaient.

Attendre quoi ? Un rétablissement ? Une fin inéluctable ? Ils ressentaient tous les deux que la deuxième option était la plus probable. Le cancer avait consommé toute l'énergie vitale de Pierre. Dorénavant, une guérison semblait s'éloigner de plus en plus.

Anne passait de longs moments, tous les jours, main dans la main avec son père, en conversation silencieuse avec lui. Peut-être lui transmettait-elle tout ce qu'elle n'avait pas su lui dire lorsqu'il pouvait l'entendre ? Peut-être, en échange, percevait-elle de Pierre ce qu'il aurait souhaité lui dire ? Les journées passaient lentement rythmées par les bruits des appareils surveillant la petite flamme de vie qui brûlait encore en lui, si fragile qu'Arnaud s'était fait la réflexion qu'un simple courant d'air aurait pu la souffler.

Entre les deux amis, les mots devenaient superflus. Arnaud ne trouvait plus ceux qui auraient pu la réconforter. Anne, de son côté, attendait, enfermés dans un mutisme de circonstance. Régulièrement, Arnaud la prenait dans ses bras pour essayer de lui donner un peu de sa chaleur. Invariablement, elle laissait aller son chagrin sur son épaule si accueillante.

Cette nuit-là, Arnaud avait eu particulièrement du mal à trouver le sommeil dans sa chambre d'hôtel. Il avait entendu Anne, hier soir dans la chambre d'à côté, téléphonait longuement à sa mère et son frère pour leur donner les dernières nouvelles de l'état de Pierre. Il l'avait ensuite entendue pleurer pendant un long moment. Rien, même pas lui, ne pouvait lui donner le moindre réconfort.

Il avait lu une grande partie de la nuit. Quoi ? Il ne saurait le dire. Il lisait en automatique sans comprendre le sens des mots couchés sur son écran. À six heures et demie, alors qu'il avait réussi à sombrer dans le sommeil depuis un peu plus d'une heure, il fut réveillé par la vibration de son téléphone. Il émergea, sautant immédiatement sur l'appareil.

La nouvelle qu'il redoutait était arrivée.

Il se souvint de ce qu'il avait pensé en renseignant la fiche à l'hôpital : ne jamais être prévenu. Il allait devoir informer Anne. Comment allait-il faire ? Il se sentait tellement démuni face à la situation et à la détresse de son amie.

Il pensa à la mort de son père. Finalement, il n'avait jamais su les circonstances exactes de son décès, hormis qu'il avait été causé par un accident de voiture. Était-il mort sur le coup ? Avait-il souffert ? Était-il mort seul ? Il était assailli par toutes ces interrogations alors qu'aujourd'hui il se trouvait confronté de près à la mort pour la première fois de sa vie. Il se rendait compte que, sa mère en ayant agi comme elle l'avait fait, ne lui avait pas permis de pleurer réellement son père. Toujours allongé sur son lit, le téléphone à la main, une grosse larme silencieuse coula vers son oreille. Larme pour son père avec qui il n'avait pas suffisamment pu partager ? Ou bien larme pour Pierre, cet homme inconnu et pourtant si proche avec qui il avait pu partager les derniers jours de sa vie ? Cet homme qui était le lien entre lui et la femme dont il était tombé amoureux, lien désormais coupé d'un coup de faux.

Il devait prévenir Anne. Il n'avait pas le droit de repousser ce moment. Il se leva, s'habilla et sortit dans le couloir. Il frappa doucement à la porte de la chambre voisine et attendit. Anne ne devait pas dormir, il entendit qu'elle avait remué dès qu'il avait frappé et bientôt il entendit qu'elle défaisait la chaînette de sécurité. Elle ouvrit. Son beau visage était ravagé par les larmes. Ses beaux yeux de louve étaient rougis par les longs moments de pleurs. Il n'eut pas besoin de dire quoi que ce soit, elle comprit immédiatement.

- C'est fini, n'est-ce-pas ? questionna-t-elle.

- Oui.

Arnaud ne put ajouter d'autres mots, deux larmes coulaient sur ses joues mal rasées. Elle s'approcha de lui et se blottit contre sa poitrine entourant de ses deux bras son corps. Paradoxalement, elle avait cessé de pleurer. Arnaud ressentit chez elle une forme de soulagement. Soulagement probable de savoir son père enfin en repos et ne souffrant plus. Ils restèrent ainsi de longs instants à la porte de sa chambre surprenant au passage les quelques résidents de l'hôtel qui se rendaient au petit-déjeuner.

* * *

Malgré son état de santé, Pierre n'avait pas organisé ses obsèques. Il fallait donc qu'Anne se charge de cette tâche qui l'anéantissait à l'avance. Comment une personne de dix-huit ans pouvait-elle être préparée pour une telle mission ?

Arnaud vint à son aide. Il commença par appeler Mathilde.

- Bonjour Mathilde, c'est Arnaud.

- Bonjour Arnaud. Comment te sens-tu ?

- La tête vide... Pierre est décédé.

- Je suis désolée. Et ton amie, elle tient le coup ?

- C'est difficile, comme tu peux l'imaginer.

- Oui, je sais ce que c'est...

Mathilde marque une pause, semblant plongée dans ses souvenirs. Elle reprit :

- Est-ce-que je peux faire quelque chose pour vous aider ?

- Oui. Il va falloir organiser les obsèques. Et je dois dire que nous sommes perdus, Anne et moi. Peux-tu nous aider, ou du moins nous guider ?

- Je te demande une seconde, je te mets en attente je reviens.

Mathilde reposa le combiné. Arnaud attendit pensant que Mathilde devait recevoir un client à l'étude. Il patienta son esprit embrumé par l'issue de cet accident. Après quelques minutes, elle reprit le téléphone :

- Arnaud ? Tu es toujours là ?

- Oui, Mathilde.

- C'est bon, je me suis arrangé avec Maître Favre, je viens vous aider sur place.

Arnaud n'en croyait pas ses oreilles. Encore une fois, tous les deux étaient volontaires pour l'aider et cette fois pour aider Anne par la même occasion.

- Mais... Mathilde...

Il ne trouvait pas les mots. Elle l'interrompit :

- Je devais être en vacances dans deux jours. J'anticipe un peu. Les dossiers sont en ordre, Maître Favre va pouvoir passer ces deux jours tranquillement et lui aussi prend des vacances ensuite. De plus, je n'avais rien planifié. Alors, pourquoi pas aller à Pau.

- Vous ne changez pas tous les deux. Vous êtes vraiment incroyables. Et comment se porte Maître Favre ?

- Il a hâte de te retrouver en Espagne (elle rit) il ne se passe pas une journée sans qu'il m'en parle. Toutes les cartes que tu as envoyées sont épinglées dans son bureau, comme il l'a fait en son temps pour ton père et il suit sur une carte ta progression.

- Tu lui passeras le bonjour. Quand peux-tu être avec nous ?

- Je partirai dans la nuit. Demain matin je serai avec vous. Tu es à l'hôtel ?

- Oui, veux-tu que je te retienne une chambre ?

- S'il te plaît. Ça m'évitera de le faire.

- Mathilde ?

- Oui ?

- Merci infiniment. Te savoir à mes côtés – à NOS côtés – me rassure énormément.

- Tu n'as pas à me remercier. Je t'ai senti tellement perdu. Et c'est la première fois que je ressens cela à ton encontre. D'ailleurs, quand j'ai expliqué la situation à Maître Favre, il m'a donné « l'ordre » de me rendre à Pau. Tu comprends un « ordre » de Maître Favre, je ne peux pas faire autrement.

Elle rit et reprit.

- Vous êtes bien jeunes tous les deux pour vous occuper de ce genre de choses. La vie a été suffisamment compliquée pour vous pour qu'on essaye de vous aider un peu aujourd'hui.

Elle marqua une pause, comme pour laisser ce silence insister un peu plus fortement sur ces derniers propos. Elle enchaîna :

- Le défunt avait-il fait un testament, avait-il un papier sur lui, quelque chose ?

- Pour le testament, je ne sais pas. Avez-vous moyen de le savoir ?

- Je vais voir avec Maître Favre s'il y a eu un dépôt.

- Par contre je peux te dire qu'il n'y avait pas de papier sur lui, hormis les papiers administratifs.

- Si je comprends bien il n'avait pas préparé son enterrement.

- C'est ça. Par contre il a formulé ses dernières volontés à deux reprises. La première fois juste avant l'accident sur le chemin : il souhaitait être incinéré et que je porte ses cendres à Compostelle.

- Je vois et je suppose que tu le lui as promis.

- Oui.

- La seconde ?

- Lorsque Anne et Rémi sont arrivés, il a repris conscience. Il a réussi à leur parler, leur dire des choses qu'il n'avait probablement pas eu le temps de dire. Il a aussi réitéré sa demande à mon égard en ajoutant que je devais disperser ses cendres dans l'Atlantique au *Cap Finisterre*. Ce que j'ai accepté et promis de faire. Nous étions trois dans la pièce au moment où il l'a demandé : Anne, Rémi et moi-même. Qu'en penses-tu ? On peut le faire ?

- Je ne vois pas d'inconvénients à ça. Le transport de corps est très réglementé, le transport des cendres d'un défunt beaucoup moins. Tu veux le faire ?

- Oui. Je comprends sa demande. Peu de temps avant je lui

avais demandé de réfléchir à la suite de son voyage en lui faisant comprendre que ce serait de plus en plus difficile pour lui. Je crois que, lui, avait compris qu'il était arrivé au bout de son voyage personnel. Il avait donc réfléchi à la meilleure façon pour lui d'aller au bout. Cette meilleure façon, c'était moi.

Ils gardèrent le silence quelques instants.

- Ton père aurait été fier de toi, Arnaud.

Mathilde avait sa magnifique voix faussée par l'émotion. Elle continua reprenant peu à peu la maîtrise de ses intonations :

- Bon, je vais te laisser. Je vais finir les quelques dossiers en cours et j'irai faire ma valise. Je t'appelle quand j'arrive sur Pau, ça te va ?

- Parfait, j'ai hâte de te revoir.

- Je t'embrasse, à demain.

- À demain.

Ils raccrochèrent. Arnaud alla rejoindre Anne qui veillait son père à la salle funéraire. Pendant ces longues journées d'angoisse et d'attente, elle avait dû pleurer toutes les larmes de son corps. Ses yeux, quoique rougis, étaient désormais secs. Il lui prit la main et se recueillit quelques instants sur la dépouille de Pierre. Puis il l'entraîna à l'extérieur et lui raconta la conversation qu'il avait eu avec Mathilde.

- Tu as vraiment des amis d'exception, dit-elle.

- Je crois qu'on peut le dire ainsi. D'autant que je ne les connais que depuis le début d'année. C'était des amis de mon père. Je ne connais pas bien l'histoire qui les liait, mais je peux te dire qu'il y a une grande force derrière tout ça. Je suis sûr qu'elle va te plaire c'est quelqu'un de vraiment bien.

- Je n'en doute pas. Elle arrive quand ?

- Demain matin. Maître Favre va vérifier, dans le fichier central, si ton père avait déposé un testament. Es-tu au courant ?

- Non, il n'a jamais rien dit.

- Je n'ai pas trouvé quoi que ce soit dans ses papiers. Les seules volontés qu'il ait formulées sont donc celles qu'il a faites dans la chambre lorsque vous êtes arrivés. Ton père finira donc son pèlerinage. Je t'en fais la promesse, comme je l'ai promis à Pierre.

- Tu vas emmener ses cendres à Compostelle ? Merci Arnaud de respecter ainsi sa volonté.

Ils restèrent quelques instants silencieux, le regard perdu au loin sur les arbres du parc tout proche.

- Arnaud ?

- Oui ?

- J'aimerais vous accompagner sur la fin du pèlerinage.

Arnaud ne s'attendait pas à cette demande et il en était ravi. Pouvoir marcher des jours entiers aux côtés d'Anne le réjouissait à l'avance. Il eut la vision des deux loups cheminant épaule contre épaule dans les grandes étendues de la taïga.

- J'en serai ravi. Quels sont tes engagements par rapport à tes camps ?

- Je termine celui-ci et après c'est bon. La rentrée universitaire n'aura lieu que mi-octobre. Nous aurons le temps d'arriver à Santiago. J'ai besoin d'accompagner papa.

- Je comprends. Je te propose de rentrer à l'hôtel et de regarder la carte pour voir où il sera facile de se retrouver. Ici, nous ne pouvons plus rien faire, ajouta Arnaud tristement.

Ils regagnèrent l'hôtel, en passant à l'accueil Arnaud réserva une chambre pour Mathilde. Ils analysèrent ensuite le point de rencontre idéale en fonction de la progression d'Arnaud et du camp qu'Anne devait terminer. Les deux amis déterminèrent la ville de León. Les transports en commun permettraient facilement d'y arriver. Ils pourraient ainsi cheminer ensemble pendant environ trois cents kilomètres. Arnaud réfléchissait au fait qu'il débuterait le chemin espagnol en compagnie de son ami le notaire et qu'il le terminerait en compagnie d'Anne.

Ils profitèrent de la journée pour récupérer un peu de la tension des derniers jours. Ils se surprenaient l'un comme l'autre à accepter facilement la fin de Pierre. Peut-être que cela était lié à leur décision de terminer, pour lui, le pèlerinage qu'il avait entrepris de démarrer tout seul. Une fois encore, Arnaud fit le parallèle entre les choix de Pierre de maîtriser sa vie jusqu'au bout et ceux de sa mère. Cette dernière, tout en se plaignant, n'aura su semer que le mal durant son existence, alors qu'elle aurait pu offrir tant de choses autour d'elle. Et pour commencer... un père à Arnaud.

Mathilde arriva en milieu de matinée. Arnaud l'accueillit en la serrant dans ses bras où elle disparut littéralement. Ça faisait du bien au jeune homme de retrouver cette amie après une si longue absence.

- Mathilde, je te présente Anne. Anne, voici Mathilde.

Mathilde étreignit Anne.

- Toutes mes condoléances, Anne. Comment vous sentez-vous ?

- Merci. Je surmonte la situation. Heureusement qu'Arnaud est là pour me soutenir. Je tenais à vous remercier de l'aide que vous lui avez apportée pour me retrouver.

- Je vous en prie. J'ai dû vous paraître folle lorsque je vous ai appelée ?

- Folle, peut-être pas. Mais j'ai été particulièrement surprise... Si Arnaud n'était pas resté avec mon père, il serait probablement mort tout seul et nous aurions appris son décès par je ne sais quel canal. Ce qui est extraordinaire, c'est que ce soit Arnaud qui ait été choisi par la providence.

- C'est le genre d'histoire que le Chemin sait inventer, ajouta Arnaud.

Mathilde enchaîna,

- De ce que m'a raconté Arnaud, votre père, au moins, aura pu réaliser – en partie – son rêve en parcourant ce Chemin et Arnaud lui permettra de le terminer.

- Anne va me rejoindre à León pour terminer le pèlerinage avec moi, précisa Arnaud.

- C'est bien. Je pense que votre père – même si je ne l'ai pas connu – serait particulièrement fier de votre décision.

- Merci Mathilde.

Mathilde revint au sujet de sa présence :

- Bon, Maître Favre a interrogé le fichier central, votre père n'avait pas déposé chez un notaire de testament. Les seules volontés connues sont donc celles faites à Arnaud dont certaines en votre présence. Je dois vous poser la question Anne, souhaitez-vous les suivre ?

- Bien entendu.

- Cette question était pour la forme. Je me doutais de la réponse. Avez-vous prévu d'avertir quelqu'un en particulier du décès de votre père ? Et souhaitez-vous organiser les obsèques ici à Pau ?

- Oui, nous les ferons ici. Je ne veux pas que mon père dévie de son pèlerinage. J'ai prévenu ma mère et mon frère hier. Ma mère se chargera d'avertir quelques membres éloignés de la famille et des collègues. Il n'y aura pas grand monde. Je pense – même si mon père ne l'a pas exprimé – qu'il n'aurait pas souhaité une grande cérémonie.

- Religieuse ou civile ?

- Pour être honnête, je ne sais pas ce qu'il souhaitait. Il a toujours clairement exprimé qu'il était athée. Cependant, son pèlerinage pourrait laisser penser qu'il aurait pu vouloir une cérémonie religieuse. Qu'en penses-tu Arnaud ? Vous avez abordé le sujet ?

- Je dois dire que ton père n'a jamais laissé envisagé dans ses propos qu'il marchait pour la religion. Il marchait avant tout pour lui et son rêve. Que peut-on faire dans ces conditions Mathilde ?

- La décision te revient Anne. Mais de ce que vous m'apprenez, une cérémonie civile me semblerait en adéquation avec le personnage que je me fais de ton père. Peut-être pourrais-tu en parler à ta mère ?

- Oui, je vais l'appeler.

Mathilde enchaîna :

- J'ai vérifié avant de venir, il y a un crématorium à Pau. Nous aurons, cependant, deux autorisations à demander.

- Lesquelles ? demanda Arnaud.

- Ton père a émis le souhait qu'Arnaud emmène ses cendres à Compostelle. Par conséquent, celles-ci doivent voyager à l'étranger. Il suffit de formuler une demande à la préfecture de police. La deuxième concerne la dispersion des cendres. L'autorisation est à demander à la mairie du lieu de naissance. Je me charge des formalités. J'ai, par ailleurs, contacté hier une entreprise de pompes funèbres, je dois les rencontrer cette après-midi. Anne ? Te sens-tu le courage de m'accompagner ?

- Oui, ça va aller.

- Je vais venir aussi, dit Arnaud.

Mathilde avait pris les choses en main. Les deux amis se rendaient compte que, tous seuls, ils n'auraient pas pu affronter toutes ces démarches. Anne fit le point avec sa mère qui confirma que son père était athée. Anne fit donc le choix d'une cérémonie civile. Le rendez-vous avec l'entreprise de pompes funèbres permit de définir la date. La cérémonie pouvait avoir lieu le surlendemain. Ainsi, Rémi et sa mère aurait le temps de revenir à Pau.

Tout s'enchaîna très vite. La mère des enfants avaient prévenu les collègues de son ex-mari. Mais la période estivale conjuguée au lieu des obsèques, fit que personne ne se déplaça. Seuls la mère et son mari, Rémi, Anne, Arnaud et Mathilde se retrouvèrent au crématorium pour la cérémonie. Anne, tenant son petit frère par la main prit la parole devant le petit auditoire :

« Tes dernières paroles ont été pour nous dire, à Rémi et moi-même, que tu nous aimais. Sache que dans notre esprit nous n'en avons jamais douté. Le hasard du Chemin nous a permis de rencontrer Arnaud. Il vint en aide à Rémi au Puy-en-Velay alors qu'il voulait envoyer une carte postale, à toi, papa. Il était tellement inquiet de ne pas te voir ces derniers mois. Le même hasard, sur ce même Chemin, a permis à Arnaud de t'accompagner dans tes derniers pas. Grâce à lui et ses amis, nous avons pu arriver à temps pour que nous puissions te dire que nous aussi nous t'aimons.

Tu as regretté de ne pas nous avoir offert une autre vie. Qui te dit que nous aurions aimé en vivre une autre ? Tu as été un père extraordinaire. Tu nous as apporté tes valeurs, ô combien humaines. Tu nous as apporté ta culture, ô combien riche. Nous espérons seulement aujourd'hui que nous serons dignes de ton héritage dans les vies que nous allons construire.

Ton voyage a été interrompu avant le terme que tu t'étais fixé. Tu as désigné Arnaud comme étant ton messager. Je l'accompagnerai, je t'accompagnerai, sur la fin du pèlerinage à partir de León. C'est le petit hommage que je veux te rendre, papa. Et nous irons disperser tes cendres dans le vent de l'Atlantique comme tu l'as demandé.

Ainsi, papa, ton voyage sera terminé et tu pourras, après les épreuves que tu as vécues, enfin, reposer en paix. »

Arnaud s'approcha d'Anne et de Rémi et à son tour, prit la parole :

« Pierre, j'ai eu l'honneur de partager avec toi quelques jours de marche. La première fois que je t'ai aperçu, en haut de cette côte, dans le brouillard de chaleur, j'ai pensé à un rêve que j'avais fait. Dans mon rêve, je me trouvais sur ce même chemin, épuisé, ne réussissant pas à grimper une rude pente. Au sommet, je voyais la silhouette de mon père. Silhouette, qui fuyait sans cesse en avant.

Les rôles, lorsque je t'ai rencontré, se trouvaient inversés. J'étais en pleine forme, tu étais épuisé.

Si j'avais pu – si j'avais su – j'aurais accompagné mon père dans son pèlerinage et nous aurions cheminé ensemble tout au long de ce voyage. Ça ne s'est pas fait.

Pendant ces quelques jours où nous avons marché ensemble, tu as été ce père que j'ai si mal connu. Tu as été pour moi, un père drapé d'une immense dignité.

La dignité d'avoir su choisir la fin de ta vie. Tu as refusé que ta famille souffre face à ta maladie. Tu as refusé d'être une charge pour elle. Enfin, tu as eu la dignité de choisir ta mort en entreprenant ce pèlerinage. Le rêve de ta vie. L'aboutissement de ta vie.

Tu n'as pas pu le terminer et tu m'as chargé de t'accompagner afin que tu puisses finir ce voyage. J'espère me montrer digne, à mon tour, de ton choix. Je te donne rendez-vous à Santiago et au Cap Finisterre. »

Après ces paroles, chargées d'émotion, tout le monde garda le silence. La cérémonie se poursuivit avec l'introduction du cercueil dans l'enceinte de crémation. Ils attendirent ensuite dans le salon que tout soit fini et Anne récupéra alors l'urne, Arnaud à ses côtés. Mathilde s'approcha.

- Comment vous sentez-vous ?

La question était destinée à tous les deux.

- Je suis libérée d'un grand poids, dit Anne. Soulagée. J'ai hâte d'être à León. Avant, je vais devoir prendre en charge la suite. J'imagine qu'il y a des démarches administratives à faire... Mathilde ?

-Oui, Anne ?

- Pourrez-vous continuer à nous aider ?

- Je vais en parler à Maître Favre. Sans trop m'avancer, je pense que ça doit pouvoir se faire.

- Merci.

- De rien. Vous avez planifié votre départ ?

- Oui, je repars, maintenant, avec ma mère et mon beau-père.

Elle tenait toujours l'urne serrée contre elle. Elle la regarda et dit :

- Je te remets entre de bonnes mains.

Elle remit avec mille précautions celle-ci à Arnaud.

Et toi, Arnaud ? Comment te sens-tu ? demanda Mathilde.

- Vidé ! dit-il en prenant l'urne. Je ne sais pas si je vais pouvoir reprendre la route tout de suite. Je n'arrive plus à aligner clairement mes idées.

- J'ai pensé à cette éventualité avant de partir et j'ai peut-être une solution pour toi.

Mathilde ouvrit son sac à main et en sortit une grosse clé qu'elle montra à Arnaud.

- Une clé ? dit-il surpris.

- C'est celle du « Terrier ».

Arnaud comprenait de moins en moins. Devant son air interrogateur, Mathilde enchaîna :

- Nous sommes aux pieds des Pyrénées. Ta bergerie n'est pas très loin.

- Tu veux dire que le « Terrier » c'est la bergerie de papa ?

- Exact. C'est ton père qui l'avait surnommé ainsi. En partant de l'étude, j'ai pensé que tu pourrais en avoir besoin.

- Mais je ne sais même pas où elle se trouve exactement !

- Je peux te l'indiquer... Et si tu veux bien de moi, je peux t'accompagner. Nous pourrions y séjourner quelques jours ensemble ? Qu'en penses-tu ?

- J'en serai ravi. Ce serait dommage de ne pas en profiter. J'avais envisagé de m'y rendre après mon voyage... Merci Mathilde.

Il l'embrassa sur la joue.

La mère des enfants se préparait pour repartir. Arnaud donna l'urne à Mathilde et prit Anne dans ses bras. Ils restèrent ainsi un long moment puis ils échangèrent un long baiser. Anne avait à nouveau les yeux humides. Elle s'écarta pour laisser la place à son petit frère.

- Tu continues à prendre soin de ta sœur ?

Arnaud s'était agenouillé, le gamin le prit dans ses bras.

- Oui. Et toi tu prendras soin d'elle lorsque vous marcherez ensemble ?

- Tu peux compter sur moi.

Ils s'étreignirent à nouveau. Arnaud alla saluer la mère et le beau-père des enfants. Après leur départ, il se retrouva seul avec Mathilde dans cette grande salle pleine de solennité. À nouveau, il se sentit harassé.

- Viens mon Grand, dit Mathilde en le prenant par le bras.

Sous son autre bras, Arnaud portait l'urne qui avait été placée, afin de la protéger, dans un emballage en polystyrène. Silencieusement, les deux amis se dirigèrent vers la voiture de Mathilde.

Chapitre XVII
Mathilde

Michel est reparti. Quel plaisir de l'avoir eu à mes côtés et quelle tristesse de le voir repartir. Je vais me poser un peu à la bergerie. Florence va arriver aujourd'hui. Nous utiliserons sa voiture pour y aller. C'est un lieu extraordinaire, perdu dans la montagne, authentique. On ne peut y venir qu'à pied. J'aime y venir pour me reconnecter à la nature.

Mathilde gara la voiture. Ils ne pouvaient aller plus loin : la bergerie n'était accessible qu'à pied.

- À partir de maintenant, il nous faut marcher, dit Mathilde.

- À quelle altitude est située le *Terrier* ?

- Au-dessus de 1 600 m. Tu vas voir c'est magnifique.

- Je suis vraiment content que tu sois là, dit Arnaud.

- Moi aussi... même si les souvenirs remontent à la surface.

- Que veux-tu dire ?

- On aura le temps d'en discuter, dit-elle en ouvrant sa portière. Je vais me changer pour monter là-haut.

Elle descendit de voiture et ouvrit son coffre. Arnaud

comprenait pourquoi elle lui avait demandé de mettre son sac sur la banquette. Le coffre de la petite voiture était plein du matériel d'un randonneur chevronné. En l'occurrence, celui d'une randonneuse. Mathilde avait tout prévu pour séjourner au *Terrier*. Sac à dos, chaussures de randonnée, bâton... Ce dernier était identique au sien. Elle sortit un short de son sac et le passa sous sa jupe dont elle se débarrassa. Elle sortit également un t-shirt et dit :

- Tu peux te retourner, s'il te plaît ?

- Oui, bien sûr.

Cette petite bonne femme ne cessait d'étonner Arnaud. Elle passait, avec un naturel incroyable, du tailleur stricte à la tenue de randonnée sans pour autant altérer sa prestance et sa beauté.

- C'est bon, tu peux te retourner. Prends tes affaires sur la banquette.

Arnaud s'exécuta.

- Combien de temps pour arriver là-haut ? Demanda-t-il.

- Quinze, vingt minutes maxi. Tu vas voir : ça monte ! ajouta-t-elle avec un magnifique sourire.

Elle finit de lasser ses chaussures et posa son sac à dos au sol. Elle sortit également le sac de provisions qu'ils avaient achetées à Pau. Arnaud passa son sac sur l'épaule et régla les différentes sangles. Il avait pris soin de caler l'urne dans le haut du sac. Il attrapa le sac de Mathilde et le lui présenta. Elle fit comme lui et entreprit de faire tous les réglages des différentes sangles. Arnaud put constater que ce n'était pas la première fois qu'elle faisait ces gestes.

- Je constate que tu n'es pas une débutante en randonnée, dit-il.

- Ça tu peux le dire ! dit-elle en éclatant de rire. Allez en route.

Elle prit son bâton et Arnaud ramassa le sac de provisions. Le chemin qui permettait d'accéder à la bergerie était un tout petit chemin. Dans des temps plus anciens, on l'aurait probablement appelé « chemin muletier », les mules ayant disparues depuis de nombreuses années il serait difficile de le qualifier ainsi dorénavant. Probablement qu'autrefois, les bergers l'empruntaient avec les troupeaux pour gagner l'estive. Probablement aussi, qu'à l'époque, il était plus large. La nature, depuis, avait repris ses droits et avait re-colonisé les bords. Un troupeau aurait eu bien des peines pour le suivre aujourd'hui, à moins de mettre les moutons en file indienne. Ils cheminèrent ainsi en silence. Par rapport au GR® que suivait Arnaud, ce chemin était beaucoup plus sauvage. Il avait l'impression de passer de l'autoroute à un tout petit chemin de campagne utilisé par les tracteurs. La beauté du lieu était cependant grandiose.

- Ton père aimait se retrouver là-haut.

- Il me semble que ce lieu est chargé d'histoires.

- Tu as raison.

- Et il me semble que tu connais particulièrement bien ces histoires. N'est-ce-pas ?

Elle rit.

- Tu as encore raison. On arrive. On se pose et je te raconterai tout.

Une bâtisse de pierre apparaissait. Elle était massive et donnait une impression de solidité, d'éternité.

- Attends d'être tout près... dit Mathilde, sentant qu'Arnaud tombait sous le charme de la bergerie.

Ils continuèrent leur approche. Arnaud comprit la dernière réflexion de Mathilde. Le *Terrier* avait pour point de vue un cirque magistral. La beauté du lieu était extraordinaire. La demeure était orientée plein sud, offrant un ensoleillement maximal à cette altitude. Mathilde sortit la clé et approcha de la grosse porte en bois brut. La clé en tournant fit à peine grincer la serrure. Elle poussa la porte. Une pénombre baignait l'intérieur du lieu. Arnaud comprit alors l'allusion au terrier. Mathilde y pénétra comme on pénètre dans un lieu saint. Elle se débarrassa de son sac et le posa au sol.

- Bienvenue chez toi ! dit-elle.

Arnaud ne savait quoi dire. Ce lieu respirait le calme. L'épaisseur des murs donnait une fraîcheur agréable à l'intérieur.

- C'est par cette bergerie que j'ai connu ton père.

Elle s'arrêta. Arnaud comprit qu'elle était perdue dans ses souvenirs.

- Viens, je vais te faire visiter, dit-elle en le prenant par la main et en l'entraînant dehors.

Ils se retrouvèrent en plein soleil.

- La bergerie, le *Terrier*, comme aimait l'appeler ton père, est sur un terrain de près de dix hectares.

Elle embrassa d'un large geste circulaire les étendues d'herbe entourant la bergerie.

- La bergerie a été construite au début du XIXème siècle. Elle est entièrement en pierre, comme tu peux le voir. À l'origine les bêtes occupaient le rez-de-chaussée, l'étage servait de grenier à foin. Ton père a construit la petite extension en bois que tu vois sur le côté. C'est un refuge pour les randonneurs. La porte est toujours ouverte, n'importe qui peut s'arrêter et s'abriter dans ce lieu. Il a même ajouté une prise de courant qui permet de recharger les téléphones portables au cas où un randonneur doive appeler des secours. L'eau provient d'une source captée en amont. Ton père a créé une réserve ce qui permet de ne pas être trop tributaire des variations de débit. Il a aussi installé des panneaux solaires sur le toit et une éolienne sur le pignon. La maison est ainsi autonome en électricité. À l'intérieur, il a souhaité garder les matériaux d'origine. Il a donc utilisé essentiellement la chaux, tu ne trouveras pas de ciment ici. Et il a isolé le toit avec de la laine de mouton. Ça ne manque pas dans le coin !

Ils pénétrèrent dans la maison. Mathilde se dirigea vers les fenêtres et ouvrit les volets. Malgré la petitesse des ouvertures et l'épaisseur des murs, la lumière envahit la pièce et chaque détail se révéla aux yeux d'Arnaud. Mathilde continua la présentation.

- Le rez-de-chaussé est composé d'une seule pièce. Il y a juste une cloison dans le coin afin de créer un espace salle de bains et toilettes. Les eaux usées sont collectées et traitées par un système de phyto-épuration. C'est le petit bassin que tu as vu en bas. Les toilettes sont des toilettes sèches.

Devant l'air interrogateur d'Arnaud, elle crut bon de préciser :

- Ce sont des toilettes écologiques. Tu n'utilises pas d'eau comme dans les toilettes classiques. Le tout-à-l'égout n'arrive pas ici ! À la place de l'eau et de l'assainissement on utilise la cellulose (et donc le carbone) contenue dans le bois pour neutraliser l'azote contenu dans l'urine notamment. À chaque fois que tu vas aux toilettes, au lieu de tirer la chasse, tu mets une poignée de copeaux. Il suffit de vider régulièrement le seau sur le tas de compost et de laisser faire la nature.

- Il doit y avoir des odeurs ? Non ?

- Non. C'est pourquoi on ajoute la cellulose. Si tu maîtrises convenablement la proportion carbone – azote, tu ne crains rien. Le tas de compost travaille tranquillement sans odeur également.

Tu as dû apercevoir une espèce de bosquet à gauche de la maison, le composteur est caché derrière. Le nom de ce type de toilettes est « toilettes sèches » ou encore « TLB » qui signifie « toilettes à litière bio-maîtrisée ». Il n'était pas envisageable de créer un système d'assainissement classique avec fosse septique, tu l'imagines bien. Sans parler de la consommation d'eau que ça engendre.

Elle s'interrompit quelques instants, et continua :

- Donc, le rez-de-chaussé est la pièce de vie comme tu peux le voir. L'étage est occupé par trois chambres. Ton père aurait souhaité en faire un refuge pour les randonneurs. Il n'en a pas eu le temps. Il a même prévu de mettre internet et le wi-fi ! Il devait installer l'internet par satellite. Tu pourras toujours t'y atteler si tu le souhaites.

Arnaud faisait le tour de la pièce du regard. Les murs étaient enduits à la chaux. Des pigments de couleur ocre leur donnait un aspect chaleureux. Cela lui rappelait les enduits « à l'ancienne » que l'ami entrepreneur du notaire avait réalisé dans son appartement. Du mobilier simple – une très grande table, des chaises en conséquence, un bahut monumental – était en bois brut.

- Tu regardes les meubles ? nota Mathilde.

- Oui. J'essaie d'imaginer comment on a pu les transporter ici.

Elle sourit.

- Je reconnais ton père dans ce type de réflexions. Ils ont été fabriqués sur place par un menuisier du village. C'est un âne qui a transporté le bois jusqu'ici.

- C'est vraiment magnifique.

Arnaud ne savait comment exprimer ce qu'il ressentait.

- Je vais préparer quelque chose à manger, dit Mathilde. Fais un petit tour pour te rendre compte de ton domaine. À cette heure, tu ne devrais pas croiser les isards, on les voit plutôt le soir ou le matin. Par contre, tu auras plus de chance de croiser des marmottes. Ou encore, observer le vol plané du gypaète ou du vautour fauve.

- OK, il embrassa Mathilde sur la joue. À tout à l'heure.

Arnaud sortit et Mathilde s'organisa pour le déjeuner. Arnaud ne s'éloigna que de quelques pas. Il s'assit sur un banc que son père avait dû installer face à ce paysage grandiose. À coup sûr, Arnaud venait de pénétrer dans sa cathédrale personnelle. Il l'imaginait assis de longues heures sur ce banc, contemplant le cirque qui s'ouvrait sous ses pieds. Méditant, pensant probablement à son fils. À ce fils qui malheureusement ne pouvait pas être à ses côtés.

Il resta ainsi, absorbé dans sa propre méditation pendant près d'une heure. Le temps n'avait plus court en ce lieu. Mathilde, du seuil de la bergerie, l'appela. Le repas était prêt.

- Tu as trouvé le banc ? demanda-t-elle lorsqu'il pénétra dans la salle.

- Oui, le point de vue est extraordinaire.

- Ton père s'installait comme tu l'as fait pendant de longs moments. Ça lui permettait de se ressourcer disait-il.

- Je crois que je viens de faire comme lui. Je me sens... régénéré, ajouta-t-il avec un soupir de satisfaction.

- Allez à table.

Ils s'installèrent et Arnaud enchaîna :

- Nous sommes posés, tu vas donc pouvoir me raconter...

- Je connais particulièrement bien ce lieu car c'est ma famille qui l'a construit.

- Tu veux dire que tu as eu des bergers dans ta famille ?

- Eh, Oui ! Ça change de l'étude de notaire, n'est-ce-pas ?

- Effectivement.

- J'ai hérité de ce lieu. J'adorais y venir, mais il était loin. Il y avait beaucoup de travaux à faire, le toit notamment. Je craignais que la bâtisse ne tombe en ruine faute de pouvoir l'entretenir. Je l'ai donc mis en vente. Je souhaitais, cependant, ne pas le vendre n'importe comment, ni à n'importe qui. Je voulais que le nouvel acheteur ait un vrai projet pour continuer à faire vivre ce lieu. C'est comme ça que j'ai rencontré ton père. Il venait de divorcer quand il l'a acheté.

- Il ne m'en a jamais parlé. Pourtant, après le divorce, j'ai continué à le voir pendant quelques années.

- Je sais. Ça lui a beaucoup coûté de ne pas pouvoir partager cet endroit avec toi. Dans les premiers temps, il y avait tellement de travaux à faire qu'il avait préféré ne pas t'emmener. Et surtout, il ne voulait pas que tu en parles à ta mère. Il ne voulait pas qu'elle puisse... disons... salir ce lieu. Inévitablement, comme tout gamin, tu en aurais parlé avec elle dans l'enthousiasme de ta jeunesse et inévitablement, tu connais ta mère, elle aurait critiqué ce havre de paix. Elle n'aurait pas pu comprendre.

- J'aurais pu ne rien dire.

- Tu connais ton père, il ne voulait pas que tu mentes d'une façon ou d'une autre. Son choix a été dur, mais il s'y est tenu. Maître Favre a enregistré la vente. Je travaillais déjà chez lui depuis un moment. C'est comme ça que tous les trois nous nous sommes liés d'amitié. C'est drôle, je n'ai jamais pu l'appeler autrement que « Maître Favre ». Ton père me permettait de continuer à venir de temps en temps et il prêtait également la bergerie à son ami notaire.

- Ça fait donc une bonne quinzaine d'années que vous vous connaissez ?

- Oui, à peu près. Après mon divorce, je suis venu régulièrement accompagné ton père. Mon ex-mari n'a jamais compris l'intérêt que je pouvais porter à cette ruine, comme il l'appelait. Presque tous les étés, je les ai passés ici. Je repartais gonflée à bloc.

Elle s'arrêta quelques instants, perdue dans ses pensées.

- C'est bon ? demanda-t-elle voyant Arnaud qui commençait à manger.

- Succulent.

- J'ai fait quelque chose de froid. Pour avoir du chaud, il va falloir allumer la cuisinière à bois. On le fera demain matin. On pourra même s'amuser à faire cuire un pain dans le four.

- J'en ai l'eau à la bouche.

Ils mangèrent en silence quelques instants. Arnaud continua :

- Je peux te poser une question... disons... indiscrète ?

- Bien sûr, tout ce que tu veux, il n'y a pas d'indiscrétion entre nous.

- Toi et papa, est-ce-que ?... enfin tu vois ce que je veux dire...

Elle sourit :

- Oui, je crois voir. Non, nous n'avons jamais franchi la limite. Nous avons toujours, depuis que ton père a acheté cette maison, *toujours* été amis. Une amitié sincère, profonde. Une amitié où tu peux toujours compter sur l'autre sans jamais rien lui demander.

Une amitié vraie que rien ne pouvait ébranler. Je pense que c'est pour cela que nous n'avons jamais été plus loin : nous avions peur de casser ce lien. Je pense, cependant, qu'il nous en a coûté à tous les deux. Nous étions vraiment très proches. Il a toujours été là pour me soutenir...

Sa voix se cassa. Arnaud vit une larme qui roula sur sa joue.

- Ça va Mathilde ? dit Arnaud inquiet.

Il se leva et vint à côté d'elle. Il la prit dans ses bras. Mathilde reposa sa tête sur sa poitrine et laissa passer une vague de douleur. Après quelques instants, elle retrouva l'usage de la parole :

- Tu fais exactement les mêmes gestes que ton père. Tu lui ressembles tellement.

- Que se passe-t-il ? Pourquoi ces pleurs ? C'est le souvenir de papa ?

- Non, d'autres souvenirs qui remontent à la surface, dit-elle en se mouchant. De mon mariage, nous avions eu un fils. Un grand gaillard comme toi. Il avait une passion : l'armée. Il s'est engagé très tôt. Il a été envoyé en Afghanistan. Il m'écrivait régulièrement, des lettres, des e-mails, pour me dire combien c'était dur et combien il était fier d'aider les Afghans. Il a été pris dans une embuscade. Il est mort sur le coup.

Pendant tout son récit, elle n'avait pu arrêter ses larmes. Sa magnifique voix était éraillée par les sanglots qui lui contractait la gorge. Arnaud, à nouveau, la prit contre lui et commença à lui caresser les cheveux d'un geste plein de tendresse. Mathilde s'abandonna à son chagrin, réconfortée d'être dans les bras accueillants de son jeune ami. Elle reprit la maîtrise de sa voix et continua son récit :

- J'étais effondrée. Je ne pouvais attendre aucune aide de

mon ex-mari bien que ce soit notre fils. Je me refermais de plus en plus sur moi-même. Maître Favre et ton père étaient très inquiets et ne savaient plus comment m'aider. J'étais arrivée à un point où j'envisageais le suicide comme la seule délivrance. Tous les deux se relayaient pour ne pas me laisser seule. Au bout de quelque temps, ne voyant aucune amélioration dans mon état, ton père a proposé à Maître Favre, une autre thérapie. Il m'a embarquée dans sa voiture, contre ma volonté, à charger mon sac à dos, mes chaussures de rando, le bâton qu'il m'avait fabriqué et nous sommes montés au *Terrier*. Arrivés ici, nous nous sommes installés sur son banc. Il n'a rien dit. Nous avons contemplé les Pyrénées pendant des heures, en silence. Peu à peu, je suis remontée d'un monde de ténèbres pour rejoindre ton père dans un monde de lumière. Les jours qui ont suivi nous sommes partis tous les jours en randonnée. Nous parcourions des distances énormes avec des dénivelés quotidiens de plus de deux mille mètres ! Ton père cherchait à faire réagir mon corps pour qu'il puisse prendre le relais de mon esprit : la fatigue physique guérit le moral, selon son principe. Ça a marché. Quelques jours de ce régime et j'étais parvenue à accepter la mort de David. Sans ton père, je crois que je ne serais pas ici pour partager ce moment avec toi.

- Je suis désolé pour ton fils.

- Quand ton père a commencé à avoir les problèmes que tu sais avec ta mère, lui aussi s'est effondré. Nous l'avons soutenu. J'ai même utilisé sa méthode. C'est après un séjour thérapeutique au *Terrier* que ton père a fait les choix que tu connais : arrêter de te voir afin d'éviter de te mettre dans des situations problématiques créées par ta mère. T'éviter d'être entendu par les gendarmes. T'éviter de devoir mentir, téléguidé par ta mère. T'éviter plus tard d'être rongé par les remords. Il avait compris, qu'une fois, que ta mère se sentirait victorieuse tu ne risquerais plus rien de sa part. Ça a été très dur pour lui. Nous avons été là pour le soutenir. C'est ainsi qu'il a décidé de t'écrire très régulièrement. Il m'avait chargé de tout archiver et de procéder aux expéditions. Il me donnait ses brouillons écrits à la main... Il avait une écriture horrible ! Il me demandait donc de tout taper, afin que, si ta mère te les remettait, tu puisses les lire convenablement.

Elle fit une pause, prit une profonde inspiration et enchaîna :

- Pendant toutes ces années, j'ai eu la sensation d'écrire à mon propre fils. J'avais encore tant de choses à lui dire quand il est parti et je ne pouvais plus le faire. Plus d'une fois, j'ai été à deux doigts d'ajouter quelque chose à la prose de ton père. À travers toi, c'est avec mon fils que je communiquais. Tu comprends mieux, je pense, pourquoi je t'ai donné mon aide, sans condition, depuis la disparition de ton père.

Il la serra dans ses bras, ne trouvant pas les mots qui convenaient à ses propos. Elle s'y abandonna. Arnaud n'avait pas imaginé que l'histoire qui liait son père à Mathilde avait pu être aussi intense. Ces deux êtres s'étaient trouvés un peu trop tard. Ensemble, ils auraient pu se construire une vie merveilleuse. Il leur avait fallu affronter bien des épreuves avant de pouvoir se trouver et s'épauler.

Les jours qui suivirent, Mathilde entreprit de faire visiter à Arnaud son « royaume ». Il allait de découverte en découverte. La nature était majestueuse. Arnaud se reconstruisait après la perte de Pierre. Le séjour au *Terrier* lui avait également permis de découvrir une partie de la vie de son père et ainsi de pouvoir continuer à faire son deuil.

Il allait pouvoir reprendre le pèlerinage là où il l'avait laissé. Dorénavant, il avait une mission à remplir.

Achevé d'écrire à Saint-Martin sur Écaillon, février 2015

Remerciements

Je tiens à remercier toutes les personnes qui m'ont aidé à relire et corriger ce roman : et en particulier, Pascale (ma première lectrice), Dominique, Karine, Sandrine, Marie-Christine... sans elles, ce livre n'existerait pas.

Gardez le contact

Vous avez apprécié les aventures d'Arnaud ? Le voyage n'est pas fini, le tome 2 est en gestation. Ce second volume emmènera le héros de Roncevaux au Cap Finisterre.

Newsletter

Pour être sûr de ne pas le rater, je vous propose de vous inscrire à la liste de diffusion,

www.news.ramon.re

qui vous permettra de recevoir les e-mails vous informant de la prochaine parution (vous pouvez aussi flasher le QR-code ci-dessous).

Un message ?

Vous pouvez aussi me laisser un message concernant ce livre (un commentaire, une coquille oubliée, un témoignage personnel...) :

www.message.ramon.re

Je ne manquerai pas de vous répondre.

www.didier.ramon.re

À bientôt.